Marlene Regen

•

Bittersüße Tage

Marlene Regen

Bittersüße Tage

Autobiografische Erzählung

Bibliografische Information der Deutschen Nationalbibliothek
Die Deutsche Nationalbibliothek verzeichnet diese Publikation in der
Deutschen Nationalbibliografie; detaillierte bibliografische Daten sind
im Internet über http://dnb.d-nb.de abrufbar.
Buchwerkstatt Berlin
Eine Marke der Frieling & Huffmann GmbH & Co. KG
Tel. + 49 - 30 - 766 999 - 0
www.frieling.de

Umschlaggestaltung: Michael Beautemps
Bildnachweis: Adobe Stock, Annkatrin Rymell
1. Auflage 2019
ISBN (Print):   978-3-8280-3495-2
ISBN (E-Book):   978-3-8280-3496-9
Printed in Germany

Fällt ein Frosch in ein Glas mit Milch, hat er genau zwei Möglichkeiten: Er nimmt dieses Schicksal an, bleibt sitzen, jammert noch ein bisschen und stirbt.

Oder er fängt an zu strampeln und strampelt so lange, bis aus der Milch Butter wird und er oben auf dem Berg Butter sitzt und in die Welt lächelt.

Geschafft.

Diese zweite Möglichkeit kann ich nur empfehlen, sie wirkt.

Genau das habe ich gemacht.

Geboren wurde ich im Sommer 1947.

Meine Mutter hat alles versucht, um mich abzutreiben.

Diesen ganzen Ablauf hat mir später meine Tante erzählt.

Im Mutterleib hab ich schon um mein Leben kämpfen müssen.

Meine Mutter hat mir ständig vorgeworfen: „Dass ich dich auch noch kriegen musste!"

Mit meinen Schwestern Hedi und Marga sowie unserem Hund Rex bin ich auf unserem Bauernhof aufgewachsen.

Hedi, die Älteste, war der Liebling meiner Mutter.

Sie wurde von klein auf bevorzugt und verhätschelt.

Marga und ich litten bis zum Tod unserer Mutter unter dieser Situation.

Unser Bauernhof wurde in zweiter Generation von meinen Eltern bewirtschaftet.

Sie haben den verschuldeten Hof von meiner Oma übernommen, nachdem sich mein Opa, der sehr dem Schnaps zugetan war, erhängt hatte.

Das passierte alles kurz vor meiner Geburt.

Meine Oma stand nach dem Tod ihres Mannes mittellos da.

Sie durfte auf dem Hof bleiben, musste ihn aber mit bewirtschaften.

Sie war es auch, die uns Kinder aufgezogen hat.

Besonders Marga, die Zweitälteste, hing an ihr.

Sie wich ihr oft nicht von der Seite und hing immer an ihrem Schürzenzipfel.

Leider wurde sie schwer krank.

Ich kann mich nur noch erinnern, dass ihre Fingerspitzen immer mit weißem Mull umwickelt waren.

Als ich zwei Jahre alt war, starb sie an Magenkrebs.

Für meine Schwestern brach eine Welt zusammen.

Die Person, die sie liebevoll umsorgt hatte, war nicht mehr da.

Marga litt besonders stark, da sie ein sehr inniges Verhältnis zu ihr hatte.

Sie ist nach dem Tod der Oma jeden Tag zum Friedhof gegangen, hat ihr alles erzählt und ihren ganzen Kummer dort gelassen.

Marga hat mir später erzählt, dass sie nichts mehr essen konnte und nachts viel geweint hat.

Verständnis von unseren Eltern hat sie nicht bekommen.

Im Gegenteil, sie wurde nur angeschnauzt, es sei jetzt genug, sie solle sich nicht so anstellen, das Leben sei halt so.

Marga erzählte mir auch, dass die Oma sie beim Essen immer mit ihrem Stück Butter versorgt hat, damit sie zu Kräften kommen würde.

Wir Kinder bekamen das nämlich nicht.

Wir waren so arm, dass wir nur das Nötigste zum Essen hatten.

In den Nachkriegsjahren war die Versorgung ja überall schwierig, aber bei uns herrschte immer akuter Geldmangel, sodass es an allem fehlte.

Im Garten wurden das Gemüse und die Kartoffeln angebaut.

Im Herbst wurde ein Schwein geschlachtet und verwurstet.

Allerdings bekamen wir Kinder nur sehr selten davon etwas ab.

Das ging immer alles an meinen Vater.

Durch die Geldnot gab es bei meinen Eltern sehr häufig heftige Streitereien.

Meine Mutter bekam von meinem Vater oft einen Tritt in den Allerwertesten oder eine Ohrfeige.

Mein Zimmer lag vor dem Elternschlafzimmer, dadurch bekam ich die Streitereien hautnah mit.

Mein Vater beschimpfte meine Mutter häufig auf das Übelste und schrie sie an.

Nach solchen Streitereien lief meine Mutter weinend durch mein Zimmer, die Treppe hinunter in die Küche zum Küchenschrank.

Dort wurden die Medikamente aufbewahrt.

Ich bin immer heulend hinter ihr hergelaufen.

Sie stand dann in der Küche und schrie nur: „Ich bring mich um."

Die Tabletten habe ich ihr dann aus der Hand gerissen und sie im Flur in einem Bottich versteckt.

Flehend habe ich vor ihr gehockt und bitterlich geweint, bis sie endlich wieder zu sich kam und vernünftig wurde.

Als Kind war das für mich eine mehr als unerträgliche Situation.

Ich lebte ständig in der Angst, nach der Oma auch noch meine Mutter zu verlieren.

Nach einer solchen Nacht ging ich dann am nächsten Morgen mit verheulten Augen in die Schule.

Oft haben die Mitschüler und Lehrer gefragt, warum ich geweint hätte.

Ich hab es dann auf den Schulweg geschoben, auf den Wind oder die Kälte und damit meine roten Augen erklärt.

Wie oft habe ich mir Liebe und Frieden in unserer Familie gewünscht.

Die Oma war nicht mehr da, mir blieb als Zuflucht nur die Liebe zu den Tieren, hier bekam ich die Wärme, die ich von meinen Eltern nicht bekam.

Wir hatten einen Rauchfang auf dem Speicher, in den nach dem Schlachten der Schinken und die Wurst aufgehängt wurden.

Dahin jagte mein Vater meine Mutter und schrie: „Häng dich endlich hier auf."

Ich bin dann hinterher, hab meine Mutter an ihrem weißen Nachthemd so lange gezogen, bis sie sich auf einen Hocker setzte.

Meinen Vater habe ich dann mit Blicken getötet und ich weiß noch genau, wie ich ihn bespuckt habe.

Als Kind war das meine einzige Waffe.

Danach hat er sich schnaufend entfernt.

Ein anderes Mal kam der Hauklotz mit dem Hackbeil drauf, in die Furdell (Flur zwischen Kuhstall und Küche) und mein Vater stand da – so was von bösartig – und schrie meine Mutter an: „Ich schlag dir jetzt den Kopf ab."

Erneut hat dann meine Mutter so viele Tabletten genommen, dass sie im Loch (so hieß die Wiese) bewusstlos in einem Steinhaufen lag.

Hätte unsere Nachbarin sie nicht zufällig gefunden, wäre sie gestorben.

Im Krankenhaus bekam sie dann den Magen ausgepumpt.

Meine Mutter ist trotzdem meinem Vater immer wieder in den Hintern gekrochen.

Er bekam bei jedem Essen immer das größte Stück Fleisch oder zwei Würstchen.

Wir Kinder bekamen Gemüse mit Kartoffeln.

Nachmittags ging er im Flur an den Vorratsschrank, holte sich eine Dose Fisch heraus und belegte sich damit sein Brot.

Ich bekam eine zusammengeklappte Scheibe Schwarzbrot mit Zucker, ohne Butter!

Im Küchenschrank hatten wir eine große Tasse mit Kleingeld.

Daraus klaute ich heimlich die Pfennige und kaufte mir im Nachbarort ab und zu ein Brötchen.

Die Streitereien hörten bei uns nie auf.

Einmal ging es darum, dass ein neuer Weidezaun gekauft werden musste.

Doch wie immer fehlte das Geld.

Daraufhin wurde mein Vater so aggressiv, dass er uns alle aus dem Haus warf.

Meine Mutter sagte zu uns: „Wir gehen zur Tante."

Der Weg führte durchs Tal an einem Teich vorbei.

Sie ging mit uns bis zum Rand des Teiches, stellte uns nebeneinander und sagte, wir sollten hineinspringen.

Daraufhin hat meine älteste Schwester fürchterlich geschrien und uns weggezogen.

Zitternd liefen wir zum Wegrand und eilten so schnell wir konnten zu meiner Tante.

Meine Schwester erzählte ihr den Vorfall, daraufhin wollte unsere Tante dann die Polizei rufen, um meiner Mutter mal einen Schock zu versetzen.

Unsere Tante hat uns drei dann in Decken gehüllt, eine Suppe gekocht und wir haben die Nacht dann auch bei ihr geschlafen.

Meine Mutter ging wie immer zu meinem Vater zurück und kroch unter seine Bettdecke.

Wie oft habe ich als Kind die Versöhnungen mit anhören müssen.

Abstoßend und eklig fand ich es, wenn ich mir als Kind abends das Gestöhne anhören musste.

Meine Mutter wurde tagsüber von meinem Vater mit der Heugabel attackiert und abends hatte sie dann Sex mit ihm.

Für mich als Kind unverständlich.

Ich kann mich noch gut an folgende Situation erinnern: Ich hatte die Grippe und meine Nase lief fürchterlich.

Die Taschentücher lagen in der Kommode im Elternschlafzimmer.

Ich öffnete die Tür und sah, wie mein Vater auf meiner Mutter lag und abartig stöhnte.

Völlig geschockt ging ich in mein Bett und weinte fürchterlich, habe dann mein Nachthemd als Taschentuch benutzt.

Für nichts in der Welt wäre ich da noch einmal reingegangen.

***

Mit sechs Jahren wurde ich zusammen mit meinen Freunden Peter, Dieter und Melanie eingeschult.

Auf dem Dorfplatz trafen wir uns zur Einschulung.

Meine Freunde standen mit wunderschönen Schultüten dort.

Ich hatte eine Zwiebacktüte der Marke Brandt, bei der der Boden mit Heu gefüllt war und obendrauf etwas Süßes lag.

Für mehr hat auch hier das Geld bei uns nicht gereicht.

Ich stellte mich sofort hinter die drei, da ich mich für diese Schultüte so sehr schämte.

Tränen kamen mir in die Augen, die ich dann schnell wegwischte.

Doch meine Freundin merkte, wie traurig ich war.

Sie nahm ein Klebeherzchen von ihrer Tüte und klebte es auf meine Zwiebacktüte.

Ich bin gerne zur Schule gegangen und habe mit großem Eifer gelernt.

Meine Gedanken waren immer: Wenn ich was lerne, werde ich ein besseres Leben haben.

Dieser Gedanke trieb mich immer wieder an, wenn ich mutlos oder verzagt war.

Jeden Mittag, wenn ich aus der Schule kam, musste ich auf dem Dorfplatz die Milchkanne mit der Nr. 402 abholen.

Morgens kam der Milchwagen und brachte die Milch zur Genossenschaft.

Es wurde dann pro Liter Milch ein gewisser Betrag bezahlt.

Bevor die Milch in die Kanne kam, wurde ein Sieb oben auf den Rand eingehängt und ein Seihtuch eingelegt, um den Schmand von der Milch zu trennen.

Für viele war das eine Köstlichkeit; wenn ich es hätte trinken müssen, so hätte ich mich vor Ekel übergeben.

Nachdem ich gegessen hatte und meine Schulaufgaben erledigt hatte, musste ich Kühe hüten.

Das Geld für den Weidezaun war immer noch nicht vorhanden und wir litten weiterhin unter Geldnot.

Die Kühe wurden von mir auf die Wiese im Stockholz getrieben, so hieß der Ort.

Diese Wiese war von dicken Tannen umgeben, an denen sich der Wald anschloss.

Im Herbst, wenn die Dämmerung kam, war es sehr gruselig und ich habe mich oft gefürchtet.

Zwar waren mir Tiere aus Feld und Wald bekannt, aber mit einsetzender Dämmerung kamen die unheimlichsten Geräusche aus dem Gebüsch.

Hinter jedem Baum vermutete ich ein wildes Tier.
Aber auf meine Ängste haben meine Eltern keine Rücksicht genommen.

Ich wurde nur ausgelacht.

Trotz zunehmenden Alters ließen die Ängste aber leider nicht nach.

Bis zum Ende meiner Schulzeit musste ich immer wieder die Kühe hüten.

Meine Freunde trafen sich nachmittags oft zum Schwimmen oder zum Sport, aber immer ohne mich.

Ich habe früh gelernt, selbstständig zu werden und Gefühle wie Sehnsucht nach den Eltern, Verlassenheit und Einsamkeit nicht zum Ausdruck zu bringen.

Im Frühjahr und Sommer war es auf der Wiese und im Wald allerdings sehr schön.

Es floss ein Bach durch die Wiese, in dem sich viele Frösche tummelten.

Gespielt und gezankt habe ich mit ihnen und manchmal habe ich meinen Frust an ihnen ausgelassen und sie gequält.

Das tut mir heute noch sehr leid.

Es wurden aber meine liebsten Weggefährten.

Sie gaben keine Widerworte und konnten mir auch keine runterhauen.

Ebenso habe ich die Kaninchen, Rehe, Hasen und auch die Vögel geliebt.

Sie waren sehr zutraulich und liefen nicht fort, wenn ich kam.

Ich hatte oft den Eindruck, sie kannten mich und wussten, dass von mir keine Gefahr ausging.

Aufregend war es auch, wenn im Frühjahr die Wildschweine mit ihren Frischlingen durch den Wald liefen.

Es war ein unbeschreiblich schönes Erlebnis.

Allerdings musste ich immer aufpassen, dass sie mich nicht bemerkten.

Das Gefährlichste ist nun einmal eine aufgebrachte Wildschweinmutter.

Im Wald hatte ich mir eine Bude gebaut, wo ich mich bei schlechtem Wetter aufhalten konnte.

Das war mein geliebter Zufluchtsort.

Hier habe ich oft von einem besseren Leben geträumt und mir ausgemalt, wie es sein könnte, wenn wir doch endlich etwas Geld hätten.

Abends durfte ich dann mit den Kühen nach Hause kommen, es war dann Zeit, dass sie gemolken wurden.

Dann kam der Tag, an dem ich das Melken lernen sollte.

Meine Mutter stellte mir den Melkschemel vor das Euter der Kuh.

Ich saß noch nicht ganz auf dem Melkschemel, da schlug die Kuh den Schwanz durch mein Gesicht und trat mit dem Hinterfuß so gegen den Melkeimer, dass dieser durch den Kuhstall rollte.

Entsetzt sprang ich auf.

Diese Attacke hat dafür gesorgt, dass ich das Melken nicht lernen musste.

Manchmal muss man auch Glück haben.

Wenn eine Kuh tragend war und sich die Geburt ankündigte, wurden die Männer aus der Nachbarschaft gerufen.

Diese bekamen kleine Stricke mit Schlaufe, die das Kälbchen dann um die Hinterbeine bekam und dann damit aus dem Mutterleib herausgezogen wurde.

Nachdem es geboren war, leckte es die Mutter mit ihrem Speichel sauber.

Das Kälbchen versuchte aufzustehen und machte zunächst wackelige Schritte.

Es sah aus, als wäre es besoffen.

Dann kam es in eine kleine Box und ich habe es mit Stroh trocken gerieben.

Es war als Kind für mich ein großartiges Erlebnis, wenn ich mich um die jungen Kälbchen kümmern durfte.

Die Schwalbenpaare, die jedes Jahr ihre Nester im Kuhstall bauten, flogen fröhlich zwitschernd hin und her.

Reihenweise schauten die Jungen aus den Nestern, die dann der Reihe nach von den Eltern gefüttert wurden.

Auch die Henne saß brütend vor unserem Kohleofen, bis die Küken schlüpften.

War das ein herrlicher Anblick, wie sie wackelnd hinter der Mutter herliefen!

Überhaupt habe ich die Kinderstube auf unserem Hof immer sehr geliebt.

Jedes Jahr gab es neue kleine Lebewesen.

Es war immer herrlich, mit anzusehen, wie sie sich

zurechtfinden mussten, und man konnte so schön mit ihnen spielen.

Besser als jedes Spielzeug, das ich ja eh nicht besaß.

Tiere wurden in meinem jungen Leben zu den wichtigsten Wegbegleitern.

Von ihnen bekam ich die Liebe, die ich im Elternhaus nicht erfuhr.

Wenn das Frühjahr begann, kam wieder viel Arbeit auf dem Acker und im Garten auf uns zu.

Wir Kinder wurden bei allen Arbeiten mit eingespannt.

Als Erstes wurde das Feld gepflügt, zuerst von Hand mit Handpflug.

Nach ein paar Jahren, nachdem es uns finanziell etwas besser ging, wurde ein Pferd angeschafft.

Ab sofort übernahm unser Pferd Lotte die schwere Feldarbeit.

Das Feld wurde mit Getreide, Kartoffeln und Runkeln bestellt.

Die alten Kartoffeln mussten wir Kinder aus dem Keller holen.

Wir zogen sie an den Kiemen aus der Kartoffelkiste.

Auf der Furdell wurden sie ausgeschüttet und halbiert, und wehe, wenn eine Hälfte keine kleinen Kiemen hatte, dann gab es schon wieder eine Ohrfeige von unserem Vater.

Die Kartoffelhälften wurden von Hand Reihe für Reihe in die Furchen gesetzt, die wir mühsam mit dem Handpflug gezogen haben.

Es war Schwerstarbeit.

Sobald das erste Grün sprießte, wurden sie mit dem Handpflug Reihe für Reihe angehäufelt.

In der Blütezeit bekam ich ein Eimerchen und musste die Kartoffelkäfer einsammeln, die jedes Jahr die Ernte gefährdeten.

Als Letztes wurden auf dem Feld die Runkelpflänzchen gesetzt, auch das wieder von Hand.

Abends fielen wir Kinder mit schmerzendem Rücken todmüde ins Bett.

Im Frühjahr wurde im Gemüsegarten alles von Hand umgegraben und mit Mist gedüngt.

Auch hierbei half ich meiner Mutter.

So musste ich zum Beispiel die langen Bohnenstangen aus der Scheune holen, die dann mit einer Schnur gerade in eine Reihe gesetzt wurden.

Und wehe die Reihe war schief, dann gab es wieder Schläge vom Vater, für meine Mutter und mich.

Er hatte leider nicht verstanden, dass in krumme Reihen mehr reinpasst.

Die Bohnen wurden im Kreis um die Stange gesetzt und konnten dann an den Stangen heraufklettern.

Die Buschbohnen wurden in Reihen in die Erde ausgelegt, die Salatpflanzen und Kohlrabipflanzen gesetzt.

Erbsen, Möhren und Radieschen wurden gelegt bzw. ausgesät.

Der Garten bedeutete meiner Mutter sehr viel.

Ich glaube, dass dies ihr Rückzugsort war, in dem

sie sich von den Strapazen und auch von ihrem gewalttätigen Mann erholen konnte.

Als die ersten Sonnenstrahlen die Erde wärmten, bekamen wir von unserer Nachbarin sechs junge Gänse.

Sie waren so niedlich und wunderschön in ihrem goldgelben Flaum als Schutzkleid anzusehen.

In unserem Stall hatten wir ihnen mit Kaninchendraht eine Fläche eingezäunt und diese mit Heu eingestreut, damit sie ein kuscheliges Nest hatten.

Sie waren noch sehr wackelig, fühlten sich aber nach kurzer Zeit sehr wohl in ihrem neuen Zuhause.

Mein Vater hatte eine Wärmelampe angebracht, die sie sofort bemerkten.

Es war so schön, sie zu beobachten, wie sie alle zusammen kuschelten und die Wärme genossen.

Ich versorgte sie mit einer Schale Aufzuchtmehl und konnte gar nicht so schnell gucken, wie die Schale von ihnen leer gepickt war.

Auf der Wiese hatten wir einen kleinen Teich angelegt.

Nach sechs Wochen durften sie dann ins Freie.

Grünes war ihre Leibspeise, sie fraßen das Gras bis zur Grasnarbe ab.

Als sie den Teich entdeckten, streckten sie ihre Hälse und schnatterten vor Freude.

Es waren zwei Ganter dabei, aber je größer sie wurden, desto frecher wurden sie auch.

Sobald man an den Zaun kam, rissen sie ihre Schnäbel auf und fauchten noch schlimmer als eine Katze.

Eines Tages kamen Greifvögel und verspeisten die kleinste Gans.

Zum Schutz haben wir dann ein Netz über den Gänsepirk gespannt.

Da ich sehr liebevoll mit den Gänsen umging, hatte ich ganz schnell eine Gans mit Namen Anna als Freundin.

Sobald sie mich hörte, kam sie in den Stall gewatschelt.

Ich setzte mich auf eine Decke und Anna kam bei mir auf den Schoß.

Ich krabbelte sie im Genick und sie genoss es, drehte ihren Kopf hin und her.

Vor Weihnachten wurden die Gänse noch mal richtig gemästet.

Jeden Tag bekamen sie unter ihr Futter gekochte und gestampfte Kartoffeln.

Drei Gänse wurden zu Weihnachten geschlachtet.

Nach dem Schlachten wurden sie mit heißem Wasser überbrüht, damit die Federn besser gerupft werden konnten.

Wir Kinder hatten dann die Aufgabe, die Federn zu sortieren.

Die mit den Speilern (Kielen) wurden aussortiert und mit den weichen Federn wurden die Kopfkissen gefüllt.

Zu Weihnachten gab es dann Gänsebraten.

In meinen Gedanken sah ich die Gans noch über die Wiese laufen, wie sie sich ihres Lebens erfreute.

Ich konnte vom Gänsebraten nichts essen, es tat mir viel zu leid.

Was mich etwas tröstete, meine Gans Anna und der Ganter Heinrich durften weiterleben, wir behielten sie zur Zucht.

***

Ostern ließ nun auch nicht mehr lange auf sich warten.

Auf dem Heckenstein blühten die Schneeglöckchen in voller Pracht.

Auch die Krokusse und Osterglocken ließen nicht mehr lange auf sich warten.

Für Ostern begann meine Mutter die Eier zu sammeln.

Da es aber oft noch sehr kalt war, legten die Hühner nur wenige Eier.

Gefärbt wurden die Eier in gekochten Zwiebelschalen.

Ostersamstag versammelten sich die Dorfbewohner mit einem großen Schienenkorb (Weidekorb) an unserem Vereinshaus.

Gemeinsam ging es dann zum Eiersingen.

An jedem Haus wurden dann verschiedene Eierlieder gesungen.

Als Dankeschön gab es rohe Eier für die Sänger und auch mal einen Schnaps.

Ein Lied davon fand ich am lustigsten: Nun treten

wir vor dieses Haus, dilldummdei, hier spielt die Katze mit der Maus, dilldummdei, Eier müssen sein.

Das schwarze Huhn hat gut gelegt, dilldummdei, und hat auch an uns Jungs gedacht, dilldummdei, Eier müssen sein.

Da oben auf dem Balken, dilldummdei, kann man die Eier harken, dilldummdei, Eier müssen sein.

Der Mann gibt uns die Eier, dilldummdei, die schlagen wir in den Pannenbrei, dilldummdei, Eier müssen sein.

Das Haus, das steht auf Pinnen, dilldummdei, Eier müssen sein.

Da sind noch Eier drinnen, dilldummdei, Eier müssen sein.

Wir gehen jetzt um die Häuser, dilldummdei, Eier müssen sein.

Und tun uns auch bedanken, dilldummdei, Eier müssen sein.

Feine rote Blümelein, wacker ist das Mägdelein, dilldummdei, Eier müssen sein.

Zu später Stunde gingen die Eiersänger dann in die Bauernschänke.

Dort wurde aus den gesammelten Eiern Rührei mit Speck zubereitet und zur Verdauung wurde auch so manches Körnchen (Schnaps) getrunken.

Auf dem Rückweg wurden dann den Dorfbewohnern, die nichts geschenkt hatten, die Eierschalen vor die Türe gestreut.

Nach Mitternacht brachten dann zwei Dorfbewohner meinen Vater total betrunken nach Hause.

Sie setzten ihn auf die Küchenbank und er lallte nur noch wirres Zeug.

Klatsch – peng – lag er auf dem Fußboden.

Er stöhnte vor sich hin und murmelte: „Ich muss sterben, alles dreht sich um mich."

Meine Mutter und ich versuchten ihn hochzuheben.

Doch alles vergebens.

Wir legten ihn auf die Seite, ein Kopfkissen unter den Kopf und wickelten ihn in eine Wolldecke.

Meine Mutter stellte einen Eimer neben ihn, falls ihm noch übel werden würde.

Morgens hörte ich, wie meine Mutter die Zinkwanne holte, ich sprang auf und lief nach unten.

Wir versuchten nun gemeinsam, nachdem das Wasser heiß war, ihn in die Wanne zu bekommen.

Beim Aufstehen kam uns ein bestialischer Gestank entgegen.

Näheres möchte ich hier nicht beschreiben.

Aufgeatmet haben wir, als er endlich in der Wanne saß.

Meine Mutter hat ihn mit Kernseife abgeschrubbt.

Er sprach bei dieser Aktion kein Wort, da meine Mutter auf 180 war.

Der Ostersonntag war für uns gerettet, da mein Vater den ganzen Tag im Bett lag.

Um mich von diesen unerfreulichen Geschehnissen

abzulenken, ging ich durch die Wiesen und pflückte voller Freude meiner Mutter einen großen Strauß blühender Schlüsselblumen.

Anstatt eines Dankeschöns bekam ich zu hören, ich solle die Blumen so abpflücken, dass sie die gleiche Länge hätten.

Auch die Pusteblumen hatten es mir angetan.

Sie standen bei uns auf der Wiese und sahen aus wie ein weißer Teppich.

Faszinierend stand ich am Weidezaun und beobachtete, wie die Fallschirmchen alle zum Himmel flogen.

Einfach nur fliegen, dachte ich mir, wie die Schirmchen von der Pusteblume.

Ich kletterte durch den Zaun und setzte mich auf die Wiese, mitten in die Pusteblumen, und pflückte mir einen dicken Strauß.

Meine Gedanken sagten mir: Puste, puste so lange wie du kannst die Fallschirmchen in die Luft, damit deine Wünsche in Erfüllung gehen.

Eine Pusteblume hielt ich noch in der Hand, zählte die einzelnen Fallschirmchen … 151 an der Zahl.

Traurig nahm ich Abschied, schaute noch einmal den Schirmchen, die zum Himmel flogen, hinterher, wünschte mir, ich wäre ein Teil von ihnen, frei und in der Welt unterwegs, so viel Neues zu entdecken.

Ich ging auf mein Zimmer und hier ließ ich die Fallschirmchen, die ich mitgenommen hatte, fliegen und wünschte mir, einmal das Gefühl zu haben, auch ein glückliches Kind zu sein.

***

Nach dem Baden samstags musste ich meine langen Haare am Ofen trocknen.

Ich setzte mich auf den Stuhl, hatte ein Handtuch in der Hand und schlug es nach hinten um den Hals.

Oje, hierbei hab ich die Kanne mit dem frisch gebrühten Kaffee, der auf dem Ofen stand, über den Rücken geschüttet.

Die Schmerzen waren unerträglich, noch heute kann ich mich an diese Qual erinnern.

Meine Schwester Marga kam sofort mit eiskaltem Wasser.

Schnell fuhr meine Schwester mit dem Fahrrad in die Apotheke und kaufte Brandsalbe.

Doch diese wirkte nur kurzzeitig etwas schmerzlindernd. Es war grauenvoll.

Die übrigen anwesenden Personen grinsten nur und schauten mich vorwurfsvoll an.

Sobald Anfang Juni das Barometer schönes Wetter anzeigte, begann die Heuernte.

Mein Geburtstag am 2. Juni fiel immer in die Heuernte und somit gab es keine Geburtstagsfeier, keine Freunde, die zu mir kamen.

Wenn ich Glück hatte, wurde ein Kuchen gebacken, der dann nach der Arbeit gegessen wurde.

Zu meinem sechsten Geburtstag bekam ich einen neuen Tretroller, wie war ich stolz!

Mein erstes neues Geschenk!

In unserem Dorf wohnte die Familie Fritsch.

Zu ihrem Anwesen gehörte ein sehr gepflegter Bauernhof.

Sobald die Heuernte begann, war Bauer Fritsch so nett und lieh uns den uralten Daimler-Trecker.

Somit brauchten wir das Gras nicht mit der Sense zu mähen.

Als Erstes wurde dann das Mähwerk montiert und dann ging's los.

War ich stolz, dass ich auf dem Trecker mitfahren durfte.

Die Wiese wurde nun Reihe für Reihe gemäht.

Vorher ging ich noch durch das Gras und schaute sehr umsichtig, ob sich noch ein Rehkitz im dichten Grün versteckt hielt.

Nachdem das Gras Reihe für Reihe auf der Wiese lag, begannen wir es mit vereinten Kräften auseinanderzustreuen.

Am nächsten Morgen mussten wir dann alle mit der Heuharke wenden, dass auch die andere Seite abtrocknen konnte.

Puh, war das immer anstrengend.

Abends wurde es dann auf Reihen geharkt.

Zogen allerdings dunkle Wolken auf, mussten wir die Heureuther (Holzgestelle) aufstellen und das halb trockene Gras darauf bis zur Spitze stapeln.

Nur so war gesichert, dass es nicht faulen konnte und die ganze Mühe umsonst war.

Sobald das Wetter wieder besser wurde, kam das Heu von den Heureuthern wieder runter und wurde auf der Wiese zum Trocknen ausgestreut.

Nach drei Tagen Trockenzeit kam es in die Scheune.

Meine Schwester Hedi stand oben auf dem Heuwagen.

Jeder von uns packte so viel Heu wie möglich auf die Gabel und brachte es zu ihr.

Hedi stapelte es dann so auf dem Wagen, dass er keine Schieflage bekam.

Die Wiese „Im alten Garten" war für uns alle ein Dorn im Auge.

Sie war krumm und schief, dass man fast nicht stehen konnte.

Aber auch hier durfte der Wagen trotz Schieflage möglichst nicht einseitig beladen werden.

Mit einem mulmigen Gefühl schauten wir alle gespannt auf die fertige Ladung.

Mein Vater stieg auf den Trecker, Zündung an, Gang rein, es gab einen gehörigen Ruck.

Das Gespann bekam Schlagseite und kippte um in einen fließenden Bach.

Mein Vater fluchte wie ein Scheuendrescher.

Hedi bekam einen heftigen Anschiss, sie hatte den Wagen nicht richtig beladen.

Jetzt mussten wir erst mal den Heuwagen wieder aufrichten.

Das ging nur mit Nachbars Hilfe.

Jetzt begann die Arbeit von vorn.

Zwischenzeitlich hatte ich die dicken Hanfseile von zu Hause geholt, damit wurde die Ladung jetzt gesichert.

Die Anspannung fiel erst von uns ab, als das gesamte Heugespann in der Scheune stand.

Zu Hause angekommen, schoben wir ihn mit vereinten Kräften in die Scheune.

Unser Nachbar Dirk schnappte sich die Heugabel und half uns dann beim Abladen, weil wir schon alle fix und fertig waren.

Der Casanova kam aber hauptsächlich mit dem Hintergedanken, endlich die Gelegenheit beim Schopf zu fassen und Hedi im kitzelnden Heu zu vernaschen.

Beim Heutrampeln sprangen die beiden wie von der Tarantel gestochen umher und ignorierten einfach alles, was ihnen im Weg stand.

Dabei hatte Dirk den Holzstiel von der Heugabel übersehen.

Ein Schmerzensschrei und er lag ohnmächtig im Heu.

Der Holzstiel der Heugabel steckte in seinen rückwärtigen Extremitäten.

Wir waren panisch vor Schock.

Mein Vater rief geistesgegenwärtig die Rettung an.

Dirk wurde sofort notoperiert und hat dieses böse Abenteuer nach langer Zeit gut überstanden.

Im Sommer begann im Garten die Ernte.

Irgendwas war immer reif, musste geerntet und verarbeitet werden.

Mutter brachte Körbe voll mit Stangen- und Strauchbohnen, schüttete sie auf den Küchentisch und ich musste die Enden der Bohnen entfernen.

Anschließend wurden sie eingekocht.

Die Erbsen wurden gedöppt und schmeckten köstlich, wenn sie aus der Schale waren.

Aus der Beerenernte wurden dann Marmelade und Gelee gekocht.

Wir hatten auch Kirschbäume.

Die Ernte war immer lustig.

Wir Kinder sind in die Bäume geklettert und haben uns bei der Ernte an Kirschen satt gegessen, bis uns schlecht war. Die Kirschen wurden entsteint und auch eingekocht und haben uns somit den langen Winter doch etwas versüßt.

Das war jetzt auch die Zeit, in der die Waldbeeren im Wald reif wurden.

Als Sechsjährige bin ich das erste Mal mit meiner ältesten Schwester in den Wald gegangen, um Waldbeeren zu pflücken.

Als Gefäß nahmen wir einen Wassereimer mit.

Ich hatte einen Becher, wenn dieser voll war, schüttete ich die Waldbeeren in den Eimer.

Ich bemerkte, dass mir die Natur und das Pflücken der Waldbeeren viel Freude bereiteten.

Ein Spankörbchen voll Waldbeeren verkauften wir an unsere Kramersfrau.

Zwei DM bekamen wir dafür.

Zu Hause haben wir stolz von unserer Ernte und dem Geld erzählt.

Meinen Anteil hat mir mein Vater abgenommen, ich sei dafür zu jung, somit bekam mal wieder alles meine älteste Schwester.

Meine Mutter backte dann für uns alle Blaubeerpfannekuchen.

Waren die lecker!

Ab jetzt verging kein Jahr, in dem ich nicht Waldbeeren pflückte.

Nachdem im Sommer im Wald das Gras zwischen den Tännchen getrocknet war, musste ich mit meiner Mutter (jeder hatte eine Heuharke und ein großes Tragetuch) das Gras abharken.

Wir bündelten es und trugen es im Tragetuch auf dem Rücken nach Hause.

Der Kuhstall wurde damit ausgestreut, somit brauchten wir kein Stroh zu kaufen.

Im Herbst begann die Ernte auf dem Acker.

Zuerst wurden die Kartoffeln ausgemacht.

Dabei halfen auch die Kinder aus der Nachbarschaft. Es war zwar immer anstrengend und der Rücken tat nachmittags schon höllisch weh, aber wir Kinder hatten auch eine Menge Spaß dabei.

Wir sind hinter den Mäusen hergelaufen, die durch die Ernte gestört wurden und das Weite suchten.

Ich habe auch die Mäuse geliebt, mit ihren glänzenden Knopfaugen.

Das schönste an der Kartoffelernte war nach getaner Arbeit das riesige Kartoffelfeuer.

In der heißen Glut hielten wir die an einem vorher gesuchten Stöckchen aufgespießten Kartoffeln, bis sie gar waren.

Als das Getreide geerntet werden konnte, wurde es von meinem Vater Reihe für Reihe mit der Sense abgemäht.

Nun musste ich das Getreide zu Buschen (Gaben) zusammenbündeln und mit einer Kordel umwickeln.

Gestapelt wurden die Buschen auf dem Heuwagen.

Wir fuhren zu dem Bauern im Nachbarort, der eine Dreschmaschine hatte.

Dort musste ich dann jede Busche in die Dreschmaschine werfen, eine sehr staubige und schweißtreibende Arbeit.

Das fertige Getreide kam in Säcke und dann bei uns in die Scheune.

Als Nächstes kam die Runkelernte.

Die Runkeln wurden von Hand aus der Erde gezogen und auf dem Feld in eine Reihe gelegt.

Dann wurde mit einem Spaten das Grün abgestochen.

Diese Blätter bekamen dann die Kühe als Futter.

Die Runkeln warfen wir dann auf eine Karre.

Diese schoben wir vom Feld zum Hof und hier bis zum Kellerloch.

Jede Runkel wurde einzeln in den Keller geworfen und dann noch mal in verschiedene Kisten verteilt.

Die schönste Runkel suchte ich mir aus, schnitzte ein Gesicht daraus, sogar der Mund hatte Zähne.

An Sankt Martin gab es einen Fackelumzug.

Ich steckte eine Kerze in meine Runkel, die sie in einem schönen Licht erstrahlen ließ.

Ich fand immer, dass meine Fackel die schönste im Zug war. Da konnte keine andere mithalten.

Ich ließ meiner Kreativität immer freien Lauf und holte aus dem wenigen, was mir zur Verfügung stand, das Maximale heraus.

Im Laufe meines Lebens hat mir diese Kreativität sehr viel geholfen.

Ich konnte immer aus geringen Mitteln Dinge gestalten und somit eine Menge Geld einsparen.

Überhaupt habe ich in jungen Jahren das Sparen gelernt.

Wenn man nichts hat, wird das Geringste zu etwas besonders Wertvollem, was ich immer sehr zu schätzen wusste.

Im Obsthof standen Apfelbäume, die im Herbst abgeerntet wurden.

Die Äpfel wurden zum Teil vom Baum geschüttelt.

Die guten wurden auf Brettern im Flur ausgelegt.

Das Fallobst kam in die Patsche und wurde zu Saft verarbeitet.

Abgefüllt wurde er in braune und grüne Glasflaschen mit einem Korkstopfen.

Getrunken wurde er im Kreise der Liebsten, also ohne mich.

Nachdem alles abgeerntet war, wurde der Acker umgepflügt.

Mein Vater, meine Geschwister und ich mussten den Pflug halten.

Meine beiden Schwestern gingen hinten und ich mit meinem Vater vorn.

„Stell dich besser in die Fuhr", nörgelte mein Vater an mir herum.

Letztendlich kam es so weit, dass mein Vater mir in den Hintern trat und ich im Feld lag.

Da haben meine Schwestern (17 und 22) ihn verprügelt und unter dem Weidezaun hergerollt, bis er vor einem Weidepfahl liegen blieb.

Wir sind dann nach Hause gerannt und haben unserer Mutter erzählt, dass Vater mich so getreten hat.

Blaue Flecken hatte ich von dem Fußtritt.

Aber Verständnis bekamen wir nicht und mussten ihn sogar noch suchen.

Tatsächlich saß er auf einem Baumstamm und ich bat ihn, nach Hause zu kommen.

Dort wurde er von meiner Mutter liebevoll in den Arm genommen und zu mir sagte sie: „Wie konntest du dich auch so blöd anstellen?"

Da mein Vater Rheuma hatte, wurde ein Mann aus dem Sauerland mit einer Wünschelrute bestellt.

Diese war ein Stock aus einer Weide, die der Mann fest in beiden Händen hielt.

Erst ging er damit durchs Schlafzimmer und dann zu meinem Vater.

Tatsächlich bog sich die Wünschelrute in Rückenhöhe.

Der Mann legte an der Stelle Hand an und versuchte meinen Vater einzurenken.

O Gott – hat der geschrien!

Ich habe durch den Türschlitz gespinnst und hab vor mich hin gelächelt.

***

Unser Hund Rex bekam eine schlimme Krankheit, die Räude.

Er kratzte sich das Fell bis auf die Haut blutig.

Da fiel mir meine Oma wieder ein, sie hatte sich immer ihre wunden Fingerspitzen mit Vaseline eingecremt.

Ich lief zu unserer Kramersfrau, um von meinem wenigen Taschengeld eine Tube Vaseline zu kaufen.

Rex schaute mich dankbar an, nachdem ich ihn eingecremt hatte, und bedankte sich mit einem Küsschen auf mein Ohr.

Doch leider half die Salbe nur für eine kurze Zeit.

In meiner Not um Rex fragte ich meinen Vater, ob wir nicht den Tierarzt bestellen könnten.

Daraufhin schlug mein Vater mit der Faust auf den Tisch und sagte: „Da haben wir kein Geld für!"

Ich fühlte schon im Inneren – Rex wird getötet!

Als ich am nächsten Tag aus der Schule kam, lag Rex nicht mehr wie gewohnt an seinem Platz.

Es traf mich wie ein Blitz und ich wusste: Rex ist tot!

Meine Mutter war mit ihm in den Wald gegangen, hatte ihn an einen Baum gebunden und mein Vater hatte ihn erschossen.

Ich bin durch die Hölle gegangen.

Selbst meine Mutter zeigte Gefühle, das konnte ich an den Tränen erkennen, die ihr übers Gesicht liefen.

In unserem Garten haben wir ein großes Loch ausgehoben, Rex in eine Decke gehüllt und ihn beerdigt.

Blümchen habe ich auf sein Grab gepflanzt, die mit meinen Tränen begossen wurden.

Ich habe ein Kreuz aus Baumästen gebastelt und es verging kein Tag, wo ich nicht sein Grab besuchte.

Es hat mir mein kleines Herz zerrissen.

In der Herbstzeit kamen viele Schäfer mit ihren Herden zum Grasen durch unsere Dörfer.

Einen Schäfer kannte ich besonders gut.

Der übernachtete immer bei einem Bauern in der Nachbarschaft.

Er wusste immer spannende Geschichten zu erzählen.

Ich habe gerne zugehört und war fasziniert, was er von der für mich großen, weiten Welt berichten konnte.

Einmal habe ich die Zeit vergessen und bin zu spät nach Hause gelaufen.

Es wurde schon dunkel, als ich den Heimweg antrat.

Am Hofeingang stand mein Vater, nahm wortlos

seinen Gürtel aus der Hose und hat mich grün und blau geschlagen.

Als Kind im Alter von zehn Jahren kann man das alles nicht verstehen.

Ich hatte doch nichts Unrechtes getan.

Am Ende des Sommers wurde das Waldfest im Dorfgemeinschaftshaus in den alten Eichen gefeiert.

Meine Freundin Melanie durfte an dem Wochenende bei mir schlafen.

Das Fenster lag genau zur Straße hin und wir haben am Fenster gestanden und uns über diesen und jenen lustig gemacht.

In der Dunkelheit sahen wir, wie die sonst so schüchterne Erna und ihr Liebhaber die Leiter an unsere Scheune stellten und durch die Heuluke verschwanden.

Wir haben gekichert und gelauscht, was da denn wohl so abging. Aufklärung in natura.

Mein Vater hatte das auch mitbekommen und rief den beiden zu: „Macht da oben bloß keine Zigarette an."

Nach dem Waldfest gab es immer viel zu erzählen, wer mit wem ein Schäferstündchen gehalten habe.

Geheim blieb in einem solch kleinen Ort nichts.

In einem Jahr, kurz vor Weihnachten, ging der Feuerteufel bei uns im Dorf sowie in den Nachbardörfern um.

In kürzester Zeit brannte es in drei Bauernhöfen und der schlimmste Brand war direkt in unserer Nachbarschaft.

Ich konnte aus meinem Fenster sehen, wie das Feuer und die rote Glut aus dem Dach der Scheune schlug.

Jeder nahm sich einen Wassereimer an die Hand und versuchte zu löschen, bis die Feuerwehr kam.

Und dann rief plötzlich Peter, der Bauer von nebenan: „Die Liesel kalbt!"

Mein Freund Peter und ich liefen durch den dicken Qualm und fanden das Kälbchen, das gerade geboren war. Wir zogen es an den Vorderbeinen auf die Wiese.

Danach konnten wir noch das gesamte Vieh retten, indem wir es auf die Straße trieben.

In wilder Panik liefen sie umher.

Die Bauern aus der Nähe kamen mit Treckern und Anhängern, um das Vieh in Sicherheit zu bringen.

Peter und ich kümmerten uns dann wieder um das Kälbchen.

Wir legten es in eine Schubkarre, fuhren es nach uns in den Stall und bedeckten es mit Stroh und Wolldecken.

Glücklich und zufrieden über unsere Taten verbrachten wir die Nacht im Stall neben dem Kälbchen.

Dann kam auch die Zeit, in der das Schlachten begann.

Zuerst wurde das Schwein geschlachtet, das wir als Ferkel großgezogen hatten.

Das Quieken läuft mir heute noch nach.

Nachdem das Schwein geschlachtet war, wurden die Schweinehälften auf Leitern gehängt und an die Hauswand gestellt.

Dieser Anblick hat mich immer sehr traurig gemacht. Es war für mich furchtbar, wenn ein Tier, das wir großgezogen und lieb gewonnen hatten, nicht mehr da war.

In der ersten Zeit nach dem Schlachten konnte ich auch kein Fleisch und keine Wurst essen, falls ich denn mal davon etwas abbekam.

Meistens war das den Erwachsenen vorbehalten.

Wir Kinder wurden da immer sehr knapp gehalten.

Anschließend ging's in den Hühnerstall, wo die ältesten Hühner geschlachtet wurden.

Der Hauklotz mit dem Hackbeil stand schon vor dem Haus.

Meine Mutter packte das Huhn an den Beinen und schlug ihm den Kopf ab.

Einmal hat sie das Huhn nicht richtig festgehalten, so ist es dann ohne Kopf durch die Luft geflogen.

Das war für uns Kinder sehr gruselig und hat uns noch im Traum verfolgt.

In einem Bottich mit kochendem Wasser wurde das Huhn überbrüht und die Federn anschließend ausgerupft.

Die Speiler wurden vernichtet, die Federn gereinigt und später dann in ein Kopfkissen gestopft.

***

Im Oktober setzten sich mehrere Frauen im Dorf zusammen und planten die Weihnachtsfeier.

Heiligabend fand im Vereinshaus jedes Jahr eine Weihnachtsfeier statt.

Ich durfte in dem Theaterstück, das vorgeführt wurde, mitspielen.

Das Schönste war das Krippenspiel, in dem ich die Maria spielen durfte.

Für die von mir gespielten Weihnachtslieder auf der Blockflöte habe ich viel Applaus bekommen.

Zum Schluss kamen der Nikolaus und Knecht Ruprecht.

Gefürchtet habe ich mich besonders vor Knecht Ruprecht, der schwarz angemalt und schwarz angezogen war.

Er hatte sehr viele Ketten um und eine lange Rute dabei.

Aber das Spannendste an der Feier war die Weihnachtstüte, die jedes Kind bekam.

Kurz vor Weihnachten hatte meine Freundin Melanie Geburtstag.

Darauf habe ich mich schon lange vorher sehr gefreut.

Der Geburtstagstisch war immer in Weiß mit roten Servietten eingedeckt.

Die Kerzen brannten auf dem Geburtstagskuchen.

Am meisten habe ich mich auf die Eiserhörnchen gefreut, die mit Sahne und Kirschen gefüllt waren.

Der Gabentisch war mit Geschenken bestückt, wie ich es nicht kannte.

Mit der ganzen Familie und Freunden spielten

wir wunderschöne Gesellschaftsspiele, zum Beispiel „Blinde Kuh", „Topfschlagen" oder „Der Plumpsack geht herum".

Zu Hause erzählte ich dann von diesem schönen Nachmittag, worauf mir meine Eltern dann antworteten: „Wir sind keine Rellings, schlag dir die Flausen aus dem Kopf, für so was haben wir kein Geld."

Zu ihrem 16. Geburtstag wurde meine Freundin Melanie von ihren Eltern mit einer Geburtstagsparty überrascht.

Nach langem Bitten und Betteln durfte ich letztendlich auch auf diese Party.

Ich ging über unseren Schulweg zum nächsten Dorf und hab' in unserem Tante-Emma-Laden, von meinem heimlich gesparten Geld, für Melanie ein paar Seidenstrümpfe gekauft.

Ab 18 Uhr waren alle Freunde und Freundinnen eingeladen.

Eine große Auswahl an Anziehsachen gab es für mich ja nicht, also zog ich mein Lieblingsteil an, einen rot karierten Cordrock, weiße Sportbluse, sowie die schwarzen Pumps, die noch von meiner Konfirmation waren.

Von meiner Schwester Marga stibitzte ich ein wenig Rouge, sah mich im Spiegel an und fand mich wunderschön.

Meine Seidenstrümpfe noch schön verpacken und ab ging's.

Ich öffnete das Garagentor und war erst mal sprachlos … All die bunten Lampions, Luftballons in allen Farben sowie unzählige Luftschlangen brachten mich zum Staunen. Ich gratulierte Melanie und überreichte ihr mein Geschenk, worüber sie sich sehr freute.

Der Kohleofen, den man für die Party aufgestellt hatte, verbreitete eine gemütliche Wärme, auch der Kessel mit der Gulaschsuppe fand hier seinen Platz.

Ganz verschüchtert saß ich auf einem Cocktailsessel.

Nach dem Essen schenkte meine Freundin Melanie jedem ein Gläschen Sekt ein.

Ein Schulkamerad legte anschließend Schallplatten auf den Plattenspieler.

Es erklang das Lied: „Die Liebe ist ein seltsames Spiel".

Beobachtet habe ich dann so manch verliebten Blick.

Doch nun kam Bewegung auf den Zementboden: Rock 'n' Roll – come on everybody.

Gelockert von dem Gläschen Sekt tanzte ich mit Manfred Rock 'n' Roll, sogar mit Überschlag.

Weiter ging's mit Twist.

Schade, dass die Stunden so schnell vergingen und ich den Heimweg antreten musste.

Manfred stand sofort auf und brachte mich in der Dunkelheit nach Hause.

Ich war sichtlich gerührt, dass er mich auf meinem Heimweg begleitete, und wir kamen uns unwillkürlich näher.

Er nahm meine Hand und steckte sie in seine Hosentasche … oje, es war kein Stein, nein, es war …? Vor unserem Nachbarhaus verabschiedete ich mich mit einem flüchtigen Küsschen auf die Wange von ihm.

Bewusst habe ich mich vor dem Nachbarhaus verabschiedet, denn ich habe mich immer für mein Zuhause geschämt: Die Wandfarbe am Haus blätterte ab, die Fenster hatten weder Kitt noch Farbe, die Eingangstüre war von Holzwürmern zerfressen, der Misthaufen befand sich direkt an der Straße und aus dem Schweinestall kam ein ekelhafter Geruch.

Nun ging ich freudestrahlend durch die Küche, in der meine Eltern saßen.

Der einzige Kommentar war: „Jetzt wurde es aber auch Zeit für dich, dass du nach Hause kamst!"

Lächelnd verkroch ich mich in mein Bett, wo ich mit all den schönen Gedanken an das Erlebte einschlief.

Dann kam Heiligabend.

Gespannt saß ich mit meinen Eltern und Geschwistern in der Küche.

Es gab immer Kartoffelsalat und Würstchen, was für mich das Größte war.

Nach dem Essen wurde die Stubentür geöffnet und der Weihnachtsbaum brannte mit echten Kerzen.

Aus dem Christbaumständer erklangen die schönsten Weihnachtslieder.

Ich sah schon die Puppe von meiner Schwester Hedi, die neu bestrickt war.

Sehr gefreut habe ich mich immer über den bunten Weihnachtsteller.

Im Verlauf des Abends setzte sich mein Vater mit einem Buch in die Ecke und meine Mutter stopfte die Betttücher.

Wir Kinder waren uns dann selbst überlassen.

Am ersten Weihnachtstag durfte ich zu meiner Freundin, aber nur deshalb, weil die Mutter meiner Freundin meine Eltern darum gebeten hatte.

Dort wurde ich herzlich aufgenommen, da sie meine Situation kannten.

Unter dem Weihnachtsbaum stand für meine Freundin ein wunderschöner Puppenwagen mit einem Püppchen, ein Fahrrad und tolle Anziehsachen.

Ich bekam von meiner Freundin ein Hütchenspiel geschenkt, über das ich mich sehr gefreut habe.

***

Nach vielen Jahren, als meine Freundin 18 Jahre alt wurde, bekam sie von ihren Eltern einen Karmann-Ghia geschenkt.

Stolz zeigte sie mir ihr neues Auto.

Faszinierend bestaunte ich das Sportauto mit den roten Ledersitzen.

Am nächsten Morgen stand ich an der Bushaltestelle, um mit dem Bus zur Arbeit zu fahren.

Ich traute meinen Augen nicht – meine Freundin fuhr mit ihrem tollen Auto einfach an mir vorbei –

ohne anzuhalten, geschweige denn mich mitzunehmen.

Nach diesem Vorfall war mir klar, dass ich doch nicht gut genug für sie war.

Nach so vielen Jahren der Freundschaft habe ich mich dann zurückgezogen.

Auf dem kleinen Sportplatz, wo wir oft Handball und Fußball gespielt hatten, traf ich Melanie wieder.

Wir kamen ins Gespräch und ich sagte zu ihr: „Du bist an mir vorbeigefahren, hast weder angehalten noch hast du mich mitgenommen."

Da wurde ihr bewusst, dass sie mich verletzt hatte, und Tränen liefen über ihre Wangen.

Doch Mitleid konnte ich in diesem Moment für sie nicht empfinden.

Der erste Schnee fiel, das war für uns Kinder immer eine große Freude.

Oft habe ich, um mich abzureagieren, die Schneebälle geformt und mit aller Kraft gegen das Scheunentor geworfen.

Mit meinen Freunden war die Schneeballschlacht ein lustiges Miteinander.

Oft habe ich den Nacken eingezogen, da wir uns gegenseitig die Schneebälle in den Nacken steckten.

Oje – war das eisig, wenn der Schneeball den Rücken hinunterrutschte.

Einmal haben wir in der Dämmerung Onkel Karl aufgelauert und ihn von allen Seiten mit Schneebällen attackiert.

Vor lauter Schreck ist ihm die Pfeife in den Schnee gefallen und er hat sogar in den Schnee gepieselt.

Oje – hat der geflucht!

Und wir hatten einen Heidenspaß.

Als „Belohnung" dafür gab es dann am nächsten Tag eine saftige Ohrfeige von meinem Vater.

Diese war jedoch schnell vergessen, da es wieder anfing zu schneien und wir Schlitten fahren, Ski fahren und Schlittschuh laufen konnten.

Am Wirtshaus wurden die Schlitten aneinandergebunden.

Als Erstes kam der größte Schlitten und wurde von meinem Freund Werner gelenkt.

Wir hatten oft acht Schlitten aneinandergehängt und fuhren vom Wirtshaus zum Sägewerk.

Geflucht haben wir immer, wenn der Streuwagen mit dem Splitt kam.

Schadenfreude hatten wir dann, wenn es darauf wieder neu schneite und wir wieder fahren konnten.

Ich war eine gute Skifahrerin und als Melanie neue Ski bekam, durfte ich dann ihre alten Skier behalten.

Wir bauten uns eine Sprungschanze und jeder entwickelte den Ehrgeiz, am weitesten zu springen.

Das Schlittenfahren bereitete uns auch großen Spaß.

In einem Jahr waren wir morgens völlig eingeschneit.

Selbst der Schneepflug kam nicht durch die Schneemassen.

Alle mussten die Hauptstraße von Hand mit der Schaufel frei schippen.

Am Straßenrand entstand dadurch eine richtig hohe Mauer aus Schnee.

Ich ging zur der Zeit in die vierte Klasse.

Die Schule fiel aus, da es für uns kein Durchkommen gab. Wir Kinder hatten aber einen Heidenspaß, schulfrei und raus in den Schnee!

Aber meistens ließ der Regen nicht lange auf sich warten und wir bekamen Glatteis – eine einzige Rutschpartie.

Morgens bekam ich dann dicke Socken über die Schuhe, damit ich nicht rutschte und so zur Schule gehen konnte.

Mit zwölf Jahren musste ich Socken stricken und stopfen lernen.

Als Erstes wurde aus alten Strümpfen und Pullovern die Wolle auf einen Knäuel gewickelt, um sie wieder zu verwerten und aus ihr abermals neue Socken zu stricken.

Ich bekam vier Nadeln in die Hand gedrückt, auf die ich die Maschen aufnehmen musste.

Bis ich das mal gelernt hatte, zog mir meine Mutter ständig am Ohrläppchen.

Nachdem ich auf einer Nadel Maschen aufgenommen hatte, fielen mir bei der zweiten Nadel schon wieder die Maschen herunter.

Bei dem ganzen Drehen der Nadeln hab ich mir fast die Finger verdreht.

Beim Käppchenstricken die gleiche Prozedur.

Wie froh war ich, als ich zum Schluss die Spitze des Sockens fertig hatte, denn dann blieb nur noch eine Nadel übrig.

Beim Sockenstopfen kam zuerst der Holzpilz in die Ferse und es musste wie ein Webmuster aussehen.

Von nun an musste ich für die ganze Familie Socken stricken und stopfen.

Oh, wie habe ich diese Handarbeit gehasst!

Es war an einem Winterabend, meine Schwester Marga saß an der Nähmaschine und flickte Vaters Arbeitshosen.

Mit Schalk im Nacken hab ich sie mit verschiedenen Kommentaren immer wieder gehänselt: „Guck mal, was ist die Naht schief und das Nähgarn hat ja eine ganz andere Farbe!"

Letztendlich platzte ihr der Kragen, sie sprang auf, nahm mich am Bein und Arm und spielte mit mir Flugzeug.

Sie drehte mich so schnell im Kreis herum, dass sie hierbei die Kontrolle verlor.

Ich schlug mit dem Kopf auf den Blechgriff des Nähmaschinenschlosses und blutete sehr stark aus einer Platzwunde.

Erschrocken lief meine Schwester zu Georg, einem Arzt aus der Nachbarschaft, der dann schnell kam und die Platzwunde nähte.

Es war bitterkalt und die Eisblumen blühten an den Fenstern.

Man fror auch im Bett, daher bekam mein Vater eine Tonflasche mit Sand gefüllt, diese kam dann in den Ofen zum Vorheizen und dann als „Wärmflasche" in sein Bett.

Ich bekam die Keilhose ins Bett gelegt, damit sie am nächsten Morgen „gebügelt" war.

Wenn es so kalt war, lockte ich unsere Katze Muschi ins Bett und wir haben uns dann gegenseitig gewärmt.

Ich bemerkte, dass Muschi am Bauch sehr mollig war und zugenommen hatte.

Sofort kam mir der Gedanke, dass sie Junge bekommen könnte. Muschi hat sich dann in der Scheune im Heu ein Nest gebaut.

Ich ging jeden Tag nachschauen, ob die Kätzchen schon geboren waren.

An einem Tag hörte ich schon von Weitem ein leises Wimmern, die Kätzchen waren geboren.

Sechs putzige kleine Kätzchen mit verschiedenen Farbzeichnungen lagen im Heu.

Ich lief schnell in die Küche, wo die ganze Familie zusammensaß, und rief aufgeregt: „Muschi hat ihre Babys!"

In den Gesichtern meiner Eltern konnte ich erkennen, hier war von Freude keine Spur.

Ich lief zu unserer Kramersfrau und fragte sie nach Katzenfutter.

Sie schenkte mir eine Dose Aufzuchtfutter.

Doch als ich nach Hause kam und in die Scheune lief, waren alle Katzenbabys verschwunden.

Erschrocken sah ich auf den Eimer und den Kartoffelsack.

Mein Gespür sagte mir, mein Vater hat diese Katzenbabys ertränkt.

Ich habe geschrien: „Du Mörder!!!"

Weinend habe ich mich unter der Bettdecke verkrochen und in der gleichen Nacht bin ich schlafwandelnd in die Scheune gegangen und habe mich auf das Nest gelegt.

Wenn es im Herzen regnet, fallen Tropfen aus den Augen!

***

Auf unserem Schulweg wuchs am Wegesrand Riesen-Bärenklau. Seine Stiele waren hohl wie ein Rohr.

Jeder brach sich ein Stück ab und in das Hohle füllten wir Holunderbeeren.

Wir stellten uns alle in eine Reihe und jeder versuchte mit aufgeblasenen Backen, die Beeren so weit wie möglich aus dem Stängel zu blasen.

Doch dabei blieb es nicht immer, wir haben uns damit auch gegenseitig beschossen.

An meiner Strickjacke klebten die Beeren und hinterließen dunkelblaue Flecken.Aus Angst habe ich dann meine Jacke in meinen Schulranzen gesteckt und bin zu Hause in den Kuhstall geschlichen.

Dort stand immer ein Eimer mit Wasser und ein Stück Kernseife.

Ich habe dann lange damit verbracht, die Flecken zu entfernen, weil ich im Stillen wusste, was mir wieder als Strafe blühen könnte.

Das war auch die Zeit, in der ich mit meinen Freunden sehr viel Unfug angestellt habe.

In unserer Nachbarschaft wohnte Tante Gretchen. Die hatte noch ein Plumpsklo.

Auf dem Schulweg schmiedeten wir einen Plan.

Wir kauften ein großes Stück Hefe und warfen es in das Plumpsklo.

Gesagt, getan … Um zwei Uhr trafen wir uns am Dorfplatz, schlichen uns von hinten ans Haus, wo das Plumpsklo angebaut war, öffneten die Tür und warfen die Hefe durch das runde Loch in die Tiefe.

Danach haben wir uns schnell in unserer Scheune auf dem Heuboden versteckt.

Durch die Spalten der Bretter konnten wir genau beobachten, wann Tante Gretchen zur Toilette ging.

Am Spätnachmittag war es dann so weit, sie öffnete die Tür und die gärende Brühe samt Zeitungspapier kam ihr entgegen.

Sie schimpfte lautstark und wäre fast ausgerutscht.

Hatten wir einen Spaß, wie die Gülle über die Straße lief!

Dann war da noch Tante Else, die wir nur Hexe nannten, weil sie so bösartig war und keine Kinder leiden konnte.

Sie hatte sich ein neues Fahrrad gekauft, auf dem sie jeden Tag zur Arbeit fuhr.

Abends stellte sie es immer ans Scheunentor.

Kurz vor der Dunkelheit haben wir aus beiden Reifen die Luft rausgelassen.

Beide Reifen waren platt.

Morgens, als wir zur Schule gingen, war sie fleißig damit beschäftigt, ihre Reifen wieder aufzupumpen.

Als sie uns sah, rief sie: „Das könnt nur ihr gewesen sein!"

Wir haben nicht reagiert und uns nicht angesprochen gefühlt.

Doch als sie weit genug entfernt war, haben wir uns gekrümmt vor Lachen.

An einem Nachmittag haben wir entschieden, Klingelmännchen zu spielen.

Ich fragte meinen Vater, ob ich mich nachmittags mit meinen Freunden treffen dürfe.

Doch er sagte sofort: „Du hilfst heute der Mutter, die Bettwäsche zu falten."

Doch ich schlich mich leise über die knirschenden Treppenstufen nach draußen zu meinen Freunden.

Die hatten sich schon bei uns hinter der Scheune versteckt.

Bei der Trude haben wir als Erstes Sturm geklingelt.

Schnell versteckten wir uns im Gebüsch.

Trude rief an der Tür: „Hallo, hallo, wer ist denn da?" Wir hatten im Gebüsch unseren Spaß daran.

Aber das dauerte nur kurze Zeit, denn ich sah schon meinen Vater mit schnellen Schritten auf uns zukommen.

Doch welch ein Pech, ausgerutscht ist er auf einem großen Kuhfladen, die überall auf dem Weg verbreitet waren.

Nun lag er da, alle viere von sich gestreckt, mit dem Gesicht in dem Kuhfladen.

Sogar sein Gebiss lag erbrochen neben ihm.

Er war so sehr mit sich beschäftigt, dass er sogar vergaß, mich zu bestrafen.

Über diesen Vorfall haben wir noch oft gelacht.

Bei uns im Dorf wurden ein Junge und ein Mädchen geboren.

Der Junge hieß Hansi und war deppert, hatte ein Glupschauge und stotterte.

Die Schwester hieß Irene, hatte einen Klumpfuß und zog das Bein nach.

Oh – wie können Kinder so grausam sein!

Wir haben über sie gespottet und sie belächelt.

Oft haben die Eltern der beiden uns aufs Übelste beschimpft.

Doch mit der Zeit wurden wir alle Freunde und wir integrierten die beiden in unsere Spiele.

Auf der Straße zeichneten wir Hüpfekästchen, in die hüpften wir, so weit wir konnten.

Irene schaute ganz traurig auf diese Kästchen.

Nun geschah etwas, womit keiner gerechnet hatte – sie setzte sich auf ihren Hosenboden und robbte bis ins obere Kästchen.

Gelächelt haben wir zwar alle, doch sie bekam von uns den ersten Preis.

Ihr Bruder Hansi sah sich dagegen alles aus der Ferne an.

Vor lauter Aufregung stotterte er so fürchterlich, dass ihn keiner verstand.

Er murmelte nur etwas und hüpfte dann plötzlich von hinten durch die Kästchen und hatte dabei einen Heidenspaß.

Er klopfte sich vor lauter Aufregung und Freude mit der Faust gegen den Kopf.

Mir wurde jetzt bewusst, die beiden haben sich nicht aufgegeben und alles gegeben, was sie konnten.

***

Nach der vierten Klasse wäre ich gerne mit meinen Freunden zur Realschule gegangen.

Doch meine Eltern waren nicht bereit, das Schulgeld und die Schulbücher zu bezahlen.

Also musste ich weiter auf die Hauptschule gehen.

Da ich musikalisch war, musste ich Akkordeon spielen lernen, weil mein Vetter Jörg mir sein altes Akkordeon geschenkt hatte.

Interesse hatte ich jedoch nie an diesem Instrument.

Leider war ich aber begabt und musste ab dem zehnten Lebensjahr jeden Samstagnachmittag mit dem schweren Akkordeonkoffer über die Wiesen ins nächste Dorf laufen, wo ich dann Unterricht bekam.

Später trafen sich meine Freunde sonntags im Café oder gingen ins Kino.

Ich aber musste meinen Eltern sonntags immer mit dem Akkordeon vorspielen, was ich gelernt hatte, besonders den Schneewalzer.

Nach meiner Hochzeit habe ich als Erstes das verhasste Akkordeon verkauft.

Ich konnte es nicht mehr sehen.

Mein Wunschinstrument ist bis heute immer noch das Schlagzeug.

Zwei Jahre ging ich zum Konfirmandenunterricht.

Sonntags wurden meine Freundin Melanie und ich von ihrem Opa in einem schwarzen Mercedes zur Kirche gefahren.

Ein tolles Gefühl, in einem solchen Auto zu sitzen.

Am Tag der Konfirmation bestimmte meine älteste Schwester wieder einmal, welche Frisur ich bekam.

Es wurde ein Dutt, der aussah wie ein Vogelnest.

Bitterlich habe ich geweint und wollte mit dieser Frisur nicht zur Konfirmation.

Kurzerhand bekam ich eine solche Backpfeife von ihr verpasst, dass ich mich danach in der Garderobe wiederfand.

Zur Konfirmation gab es von den Verwandten und Nachbarn kleine Geldgeschenke, Wäsche und Porzellan.

Ich war so glücklich darüber, so viele schöne Dinge, die ich für mich jetzt und später verwenden konnte.

Nach der Konfirmation nahmen mir meine Eltern das Geld ab, um davon Dünger zu kaufen.

Die Wäsche und das Porzellan bekam meine älteste Schwester, da sie gerade einen neuen Hausstand gründete.

Ich verkroch mich in mein Bett und weinte fürchterlich.

Wieder mal wurde sie bevorzugt und bekam alles.

Nacht acht Schuljahren war die Schulzeit für mich beendet.

Den Abschluss habe ich mit der Note „Zwei" gemacht, was meine Eltern jedoch herzlich wenig interessierte.

Ich hätte so gerne weitergelernt, selbst mein Lehrer hat versucht, meine Eltern davon zu überzeugen und zu überreden.

Leider ohne jeglichen Erfolg.

Mit 14 bekam ich zum ersten Mal meine Periode.

Als ich auf der Toilette saß, merkte ich, dass ich blutete, und bekam es mit der Angst zu tun.

Ich lief zu meiner Mutter, die sagte nur: „Lass bloß die Männer in Ruh."

Verstehen konnte ich jedoch nicht, was das eine mit dem anderen zu tun hatte.

Sie reichte mir dann ein paar alte Lappen, die ich mir in die Hose steckte.

Nachdem der landwirtschaftliche Betrieb meiner Eltern vor dem finanziellen Ruin stand, beschloss mein Vater, sich mit einem Viehhandel selbstständig zu machen.

Er fuhr nach Oldenburg und kaufte Großvieh ein.

Am Bahnhof holten wir dann die Kühe ab.

Die Tiere bekamen einen Strick um, der wurde uns Kindern dann in die Hand gedrückt.

Anschließend mussten wir sie dann vom Bahnhof über die Landstraße in unseren Stall bringen.

Der Weg war über eine Stunde lang und es war nicht immer einfach, die störrischen Kühe bis zum Hof zu führen.

Einmal hatte ich mir die Freiheit erlaubt, meinem Vater einen Hut zu entwenden, den versteckte ich dann schnell unter meiner Jacke.

Es ging wieder mal zum Bahnhof, um Vieh abzuholen.

Doch ich hatte diesmal einen anderen Plan geschmiedet.

Am Bahnhof angekommen, wartete ich, bis alle auf dem Bahnsteig standen und – schwuppdiwupp – ab durch die Bahnhofstür, Hut auf den Kopf, denn es sollte mich ja möglichst keiner erkennen.

Ich marschierte in Richtung Bachen, denn dort wollte ich meine Tante besuchen.

Doch meine Schwester Marga bemerkte schnell, dass ich verschwunden war.

Da sie ihr Fahrrad mithatte, holte sie mich schnell ein.

Sie freute sich, dass sie mich so schnell entdeckt hatte.

Den Hut hatte ich in der Hand und ich sang: „Das Wandern ist des Müllers Lust".

Ruck, zuck musste ich auf den Gepäckständer und wohin? – Natürlich zum Bahnhof.

Mein Vater verkaufte die Tiere, egal ob Klepper oder fleischige Kuh, an den jeweiligen Metzger.

Neben all seinen negativen Eigenschaften musste ich aber zugeben, dass er ein Verkaufstalent war.

Der Handel mit den Kühen florierte.

Mein Vater, der ja nun öfter allein nach Oldenburg zum Vieheinkaufen fuhr, hat dabei die Gelegenheit genutzt, um mit der einen oder anderen Dame heftig zu flirten.

Doch wie peinlich, wenn man seine Adresse dabei hinterlässt.

An einem schönen Sommertag, meine Schwester kam gerade von der Arbeit, begegnete ihr eine elegante Dame bei uns am Haus.

Sie fragte meine Schwester Marga, ob hier ein Herr Klein wohnen würde.

Mein Vater hatte die Dame bemerkt und kam aus dem Haus.

Die Dame ging auf ihn zu, umarmte und küsste ihn.

Meine Mutter ließ nicht lange auf sich warten, sie hatte alles durch das Küchenfenster mit angesehen.

Sie schnappte sich den Regenschirm, der eine kräftige Krücke hatte, und schlug auf die beiden ein.

Mein Vater flüchtete ins Haus und meine Mutter prügelte auf die Dame weiter ein.

„Hilfe, Hilfe!", schrie sie und rannte um ihr Leben.

Der Regenschirm hatte keine Krücke mehr und die ganzen Speichen waren verbogen.

Jetzt erlebte ich das erste Mal, dass mein Vater von meiner Mutter wochenlang ignoriert wurde.

Von da an waren die Liebestouren beendet, denn meine Mutter war von nun an bei jeder seiner Geschäftsreisen dabei.

Zusätzlich kam dann der Schweinehandel dazu.

Zuerst züchteten wir die Ferkel zu Hause selbst, doch die Nachfrage bei den Metzgern war so groß, dass mein Vater dann Schweine bei Schweinemastmetrieben in Oldenburg dazukaufen musste.

Mit der Bahn trafen diese dann am Bahnhof ein.

Als sie aus den Waggons kamen, wurden sie mit einem Elektroschocker zum Schlachthof getrieben.

Die armen Schweine quietschten dabei fürchterlich.

Mein Vater hatte sie vorab schon an den Metzger verkauft.

So bekamen die Tiere mit einem roten Stift die Buchstaben des Käufers aufgezeichnet, damit die Schweine auch zum richtigen Metzger kamen.

Die finanzielle Not, 14 Jahre nach meiner Geburt, hatte nun Gott sei Dank ein Ende.

Ein Erlebnis mit meinem Vater lässt mich heute noch lächeln.

Wir fuhren mit unserem uralten DKW zum Bahnhof, da aus Oldenburg der Transport mit Ferkeln ankam.

Unterwegs löste sich das Hinterrad und lief schneller als der DKW vor uns her der Straße entlang.

Zum Glück landeten wir nur im Graben.

Ich stieg aus und sah das Rad noch weiterrollen und musste lachen.

Sogar mein Vater hatte ein Grinsen im Gesicht und wir mussten den Weg zu Fuß weitergehen.

Da wir jetzt keine eigenen Kühe mehr hatten, war die Wiese am Stockholz überflüssig.

Die Grünfläche sollte aber nicht brachliegen, daher wurden auf der gesamten Parzelle kleine Tännchen angepflanzt.

Mal wieder war die ganze Familie im Einsatz.

An einer langen gespannten Schnur wurden Hunderte der kleinen Tännchen gepflanzt.

Mit der Spitzhacke musste für jeden Setzling ein Loch in den Boden gehauen werden, Tännchen rein und festtreten. Wie ich das hasste!

Abends fiel man dann wieder todmüde mit schmerzendem Rücken ins Bett.

Danach musste ich mit der Gießkanne alle paar Tage jedes einzelne Pflänzchen gießen.

Gut, dass der Bach in der Nähe war.

Nachdem sie zu kleinen Weihnachtsbäumen herangewachsen waren, wurden sie an einen Händler im Sauerland verkauft.

Wir mussten die Bäume absägen und aus dem Wald bis zum Wegesrand tragen, wo der Händler sie dann abholte.

Den Erlös aus dem Weihnachtsbaumgeschäft bekam dann meine älteste Schwester zugeteilt, da sie zu dieser Zeit ein Eigenheim baute.

Meine Schwester Marga und ich bekamen für diese Aktionen noch nicht einmal ein Dankeschön.

Ich habe mich Jahre später noch des Öfteren mit meiner Schwester Marga unterhalten, ob ich das alles falsch sehen würde, zu egoistisch, und ob ich neidisch wäre.

Ich habe mich oft für meine negativen Gedanken geschämt.

Aber sie als die Ältere hat mir bestätigt, dass wir zwei einfach nicht beachtet worden sind und nur in dieser Familie benachteiligt wurden.

Es gab für unsere Eltern nur die Erstgeborene, wir zählten nicht und wurden nur benutzt und ausgenutzt.

***

Mit 13 kam ich aus der Schule und erlernte den Beruf der Friseuse (heute Friseurin).

Wehe, ich beklagte mich mal über die Arbeit, dann hieß es: Lehrjahre sind keine Herrenjahre.

Jetzt musste ich in die nächste Stadt zur Berufsschule.

Mit einem hässlichen Mantel bekleidet, der von meiner älteren Schwester war und von meiner Mutter für mich umgeändert worden war, fuhr ich zur Berufsschule.

Meine Mitschülerinnen belächelten mich, sie waren alle modern gekleidet und hatten einen flotten Haarschnitt.

Ich saß mit meinen dick geflochtenen Zöpfen in der hinteren Reihe und schaute beschämt vor mich.

Als ich nach Hause kam, habe ich als Erstes den Mantel in den Kohleofen geworfen und abends mir eigenhändig die Zöpfe abgeschnitten.

Geschafft – am nächsten Tag bekam ich eine flotte Kurzhaarfrisur.

Alle waren sprachlos … Einmal bin ich in der Berufsschule peinlich aufgefallen.

Wir hatten im Unterricht Papierflugzeuge gebastelt und mit obszönen Worten beschriftet.

Wie peinlich … meines landete direkt auf dem Schreibtisch der Lehrerin.

Da sie ein altes „Jungferchen" war, hatte sie für diese Art von Humor überhaupt kein Verständnis.

Meine Eltern bekamen dann einen Brief von ihr, mit der Bitte, sie mögen doch in die Schule kommen.

Meine Mutter hat das Thema dann erledigt, indem ich Stubenarrest bekam.

Nicht nur meine Kindheit, sondern auch meine Jugend war eine Katastrophe.

Nichts durfte ich, nicht mit ins Café Becker oder ins Kino, wo sich meine Freunde trafen.

Das resultierte daraus, dass meine älteste Schwester absolut mannstoll war und keine Gelegenheit ausließ, einen Spökes mit einem Mann anzufangen.

Trotz ihrer Verlobung gab sie sich mit verheirateten Männern ab.

Ich kann mich noch gut an den Vorfall erinnern,

wo der Liebhaber abends, wenn meine Eltern im Bett waren, durch die Luke im Schweinestall kroch und sie im Wohnzimmer dann ihren Liebesrausch auslebten.

Nachdem ihre Verlobung aufgelöst war, ging die Suche nach einem neuen Partner für sie los.

Meine Schwester Marga musste dann immer mit ihr Mitfahren, um sie zu verkuppeln.

Oft hat sie erzählt, dass meine Mutter immer gesagt hat, du musst so lange mitfahren, bis die Beziehung klappt.

Doch einmal hat es ihr gereicht.

Da saß der Sexmulch neben ihr auf der Rückbank, hat den Hosenschlitz aufgeknöpft und sein Glied herausgeholt, was sie dann anfassen sollte.

Ab da hat sie sich geweigert, auf diesen Liebestouren mitzufahren.

Auf unserer Furdell lagerte noch Heu, was wir damals für die Kühe brauchten.

Wenn Jupp aus dem Nachbarort mit seinem Fahrrad bei uns über den Gartenweg kam, stand meine Schwester Hedi, wie von einer Tarantel gestochen, direkt hinter der Haustüre.

Jupp hatte kaum die Tür geöffnet, da wurde er sofort ins Heu geschubst und durchgekitzelt … hatten die beiden einen Heidenspaß.

Plötzlich traute ich meinen Augen nicht … Ich sah, wie meine Schwester in den Hosenschlitz fasste und sie tummelten sich immer tiefer ins Heu.

Ich sah nur noch ein Rauf und Runter und bin beschämt zu meiner Schwester Marga gelaufen.

Ganz aufgeregt erzählte ich ihr den Vorfall.

Sie nahm mich in den Arm und ich bemerkte, wie peinlich ihr das war, ihr Gesicht war puterrot.

Sie sagte zu mir: „Jetzt weiß ich auch, warum der Jupp so oft kommt."

Mit 16 Jahren erlebte ich die große Liebe in meinem jungen Leben.

Meine Freundin und ich gingen sonntagnachmittags bis zum Bushäuschen spazieren.

Dort setzten wir uns auf die Bank und erzählten uns die neuesten Storys.

Hier hörte uns keiner zu und wir waren ungestört.

An einem dieser Sonntage kam ein weißer Simca vorgefahren.

Die Jungs in dem Auto sahen uns und hielten an.

Die zwei jungen Männer stiegen aus und witzelten mit uns herum.

Nach einer Weile fragten sie uns, ob wir mit in ein Tanzcafé in der nächstgrößeren Stadt fahren wollten.

Es imponierte uns und wir stiegen ein.

In dem Tanzcafé liefen Schmuselieder aus der Musikbox und die Discokugel leuchtete in allen Farben.

Ben und Reimund hießen die beiden.

Ben forderte mich gleich zum Tanz auf.

Dabei verspürte ich schon leichte Schmetterlinge im Bauch.

Nun schmiegte sich Ben liebevoll an mich.

Ich war berauscht von den Gefühlen, die er in mir auslöste.

Von da an trafen wir uns, wann immer wir konnten, natürlich heimlich.

Meine Freundin half mir dabei, dass wir uns sehen konnten, ohne dass meine Eltern etwas davon mitbekamen.

Sie gab mir Alibis und hielt mir den Rücken frei.

War das eine aufregende Zeit, aber leider viel zu kurz. Ich hatte so ein Glück, Ben zu haben.

Wer hätte bei unserem ersten Treffen gedacht, wie wichtig dieser Mensch mir werden würde!

Vierzehn Tage nach unserem Kennenlernen musste Ben leider zur Bundeswehr.

Die ersten drei Monate hatten wir nur Briefkontakt.

Bens Eltern kauften ihm einen neuen VW Käfer, damit er nach Hause fahren konnte.

Danach kam er dann öfter zum Wochenende nach Hause.

War das ein schönes Gefühl, endlich einen Menschen an der Seite zu haben, der einen liebt, bei dem man sich sicher und geborgen fühlt!

Ich erlebte diese erste Zeit wie im Rausch.

So viel Zuneigung hatte ich in meinem bisherigen Leben nicht erfahren.

Inzwischen wussten auch meine Eltern und meine Schwestern von Ben.

Meine Mutter und meine älteste Schwester wollten die Beziehung unterbinden.

Ben war Metzger und katholisch, das ging in ihren Augen gar nicht.

Der frühere Verlobte meiner Schwester war auch Metzger und katholisch, also kamen mal wieder Vorurteile auf.

Alle Briefe, die ich von Ben bekam, wurden von meiner Mutter und Schwester Hedi über Wasserdampf geöffnet und gelesen.

Für mich war die Liebe Aufregung pur, eine Wahnsinnsglut.

Sie gab mir neuen Mut.

Mit Ben lebte ich den Rausch der Jugend und unsere Liebe aus.

War das ein herrliches Gefühl!

Mit 17 war ich dann schwanger.

Meine Mutter wusste genau, wann ich meine Periode bekam.

Jeden Morgen, wenn ich die Treppe herunterkam, fragte sie: „Na, hast du sie?" Mir war auch gleich übel und der Schwangerschaftstest bestätigte es.

Ab da ging ich durch die Hölle.

Als mein Vater erfuhr, dass ich schwanger war, hat er mir morgens beim Frühstück so eine geknallt, dass ich ins Sofa uriniert habe.

Sein einziger Kommentar war: „Abtreibung."

Als Erstes steckten sie mich in die heiße Badewanne und ich musste literweise Kümmeltee trinken und danach die Treppenstufen hinunterspringen.

Als das alles nicht klappte, musste ich mit zur Hausärztin, die hat dann den Schwangerschaftsabbruch durchgeführt.

An drei Sonntagen bekam ich dann morgens mit Eisennadeln, ohne Betäubung, den Embryo zerstört.

Man kann im Leben nicht alles reparieren.

Manches geht kaputt und bleibt auch kaputt ... für immer!

Diese Schmerzen wünsche ich meinem ärgsten Feind nicht.

Zur Ausschabung musste ich am folgenden Sonntag in die nächstgrößere Stadt zum Arzt, da dieser Wochenenddienst hatte.

Diesen Sonntag und den Montag durfte ich im Bett bleiben.

Dienstags musste ich wieder arbeiten.

Mir brach während der Arbeit der kalte Schweiß aus und mir wurde schwarz vor Augen.

Eine Kollegin bemerkte das, sprach mit unserem Chef und sie brachten mich nach Hause.

Ich durfte dann ein paar Tage zu Hause bleiben und mich erholen.

Nach der Bundeswehrzeit ging Ben auf die Meisterschule.

Dort bestand er seine Meisterprüfung und bekam eine Anstellung in einem großen Kaufhaus als stellvertretender Abteilungsleiter in der Fleischabteilung.

Somit waren wir beide in guten Beschäftigungsverhältnissen und konnten für unsere Zukunft sparen.

Mit 19 Jahren war ich gewollt erneut schwanger.

Auch dieses Mal kamen der gleiche Kommentar von meiner Mutter und meiner Schwester: „Abtreibung!"

Doch das hätte ich nicht noch einmal zugelassen.

Ich litt jetzt schon psychisch unter dieser Situation.

Mein Arbeitgeber hatte gemerkt, dass mit mir etwas nicht stimmte, und mich befragt.

Ich habe ihm die ganze Situation inklusive der ersten Abtreibung erzählt.

Daraufhin ist er zu meinen Eltern gefahren und hat ein sehr ernstes Gespräch mit ihnen geführt, sodass ich mein Kind behalten durfte.

Drei Monate vor mir war auch meine Schwester Hedi schwanger geworden.

Der Zorn darüber, dass auch ich schwanger war, stand ihr jeden Tag im Gesicht geschrieben.

Ihre Bösartigkeit mir gegenüber kannte keine Grenzen.

Ihr Kind durfte geboren werden, aber meins sollte ich abtreiben lassen.

Neun Monate lang ging es mir schlecht, mir war immer übel.

Hedi sagte immer zu mir: „Das ist das beste Anzeichen, dass es ein Junge wird."

Oder die Aussage: „Du wirst bestimmt nicht noch mal schwanger."

Nun wurde Hedis Kind geboren.

Tanja, ein Wunschkind, und somit ging der Wunsch nach einem Mädchen auch in Erfüllung.

Ab jetzt drehte sich alles nur um dieses Kind.

Freude und Glückseligkeit standen allen im Gesicht geschrieben.

Ich hatte ein paar entzückende Schühchen für Tanja gekauft und sie liebevoll eingepackt.

Um sie ihr zu geben, ging ich in die Küche hinunter, wo die ganze Familie saß.

Als sie mich sahen, wurde die Zimmertüre geschlossen, wo Tanja in ihrem Stubenwagen lag.

Angeblich schlief sie.

Ich habe es allerdings anders gedeutet – ich sollte nicht mit dem Kind in Berührung kommen.

***

Als ich im vierten Monat war, haben Ben und ich geheiratet.

Die standesamtliche Trauung war morgens um zehn Uhr.

Zusammen mit meiner Schwester Marga und ihrem Mann Erwin fuhren wir nach Kerke.

Die Sonne strahlte vom Himmel.

Der Standesbeamte begrüßte uns mit einem freundlichen Lächeln.

Nach der Trauung gingen wir noch kurz in das angrenzende Café.

Hier empfingen uns mein Chef sowie meine Arbeitskolleginnen.

Der Tisch war gedeckt mit einer Hochzeitstorte.

Welch eine gelungene Überraschung!

Besonders gefreut habe ich mich über den üppigen Strauß Maiglöckchen, gebunden mit einer dicken weißen Schleife.

Meine Lieblingsblumen.

Nachmittags um 16 Uhr war dann die kirchliche Trauung bei uns im Nachbardorf.

Die Hochzeit war ein einziges Dilemma und ein Albtraum dazu.

Es war so eine Kälte seitens meiner Familie zu spüren, dass ich nur weinte.

Gefreut haben sich über die Hochzeit lediglich meine Schwiegereltern und meine Schwester Marga.

Allerdings gab es nach der kirchlichen Trauung noch eine riesige Überraschung.

Nach der Trauung sind wir noch einmal zum Hof geführt worden.

Mein Schulfreund Peter stand dort vor dem Scheunentor.

Peter war im Kindesalter von der Familie Kraus adoptiert worden.

Sie liebten ihn wie ihren eigenen Sohn.

Wenn ich in meiner Jugend Zeit hatte, spielte ich sehr gerne mit ihm.

In der Küche von Tante Adele, seiner Adoptivmutter, stand ein wunderbarer alter Küchenofen, der hatte es mir besonders angetan.

Rundherum mit einer verchromten, blitzenden Stange, handbemalt mit blauen Streublümchen.

Auf dem Ofen standen immer ein Wasserschiffchen und ein Wasserkessel mit Türmchen.

Diese waren immer blitzblank geputzt.

Schon in dieser Zeit hatte ich eine Vorliebe für alte Sachen.

Peter machte jetzt das Scheunentor auf und die ganze Familie Kraus stand neben dem alten, von mir so geliebten Ofen.

Sie hatten ihn uns tatsächlich zur Hochzeit geschenkt.

In der Mitte stand ein großer Strauß Rosen.

Es war eine wunderschöne Überraschung.

Meine Familie verzog keine Miene.

Man konnte die Kälte in ihren Gemütern verspüren.

Anschließend gingen wir mit der Verwandtschaft in ein kleines Lokal in der Nähe.

Hier überreichte uns die Verwandtschaft die Geschenke: Geld, Bettwäsche, Porzellan und eine ausgefallene Palmenart als Grünpflanze.

Meine Schwester Hedi starrte wie besessen auf diese Geschenke.

Sofort brachte mein Mann schnell alles ins Auto, denn ich erinnerte mich noch an die Konfirmation, da hatte sie ja die Geschenke schnell an sich genommen.

Während der Feier wurde, anstatt lustige und fröhliche Episoden aus dem Leben zu erzählen, nur lauthals übers Geld diskutiert.

Onkel Ferdi hatte sogar seine Sparbücher dabei und reichte sie durch die Runde.

Empört stand meine Lieblingstante auf, nahm die Sparbücher und steckte sie ihm in den Hosenbund.

Böse schaute sie ihn an und sagte: „Was interessieren uns auf einer Hochzeitsfeier deine Sparbücher?" Sogar mein Vetter, der gerade ein Haus gebaut hatte, wurde gefragt, wie viel Schulden er denn habe.

Doch eine erfreuliche Geste kam von meiner Cousine.

Inge kam zu mir und fragte, ob sie sich meinen Schleier aufstecken und meinen Brautstrauß kurz ausleihen dürfe.

Sie ging zu meinem Vetter Erni, nahm ihn in den Arm und sie spielten das Hochzeitspaar.

Mir liefen dieses Mal vor Lachen die Tränen übers Gesicht und mein Mann flüsterte mir ins Ohr: „Ich liebe dich!"

Nun war die Stimmung kurzzeitig mal aufgelockert.

Geplant war von meinen Eltern und meiner ältesten Schwester, dass Ben abends zu seinen Eltern nach Hause fuhr und ich in mein Elternhaus zurückging.

Doch meine Schwester Marga und wir hatten schon einen anderen Plan.

Ben und ich fuhren von Freitag bis Sonntag in ein kleines Hotel nicht weit entfernt von zu Hause.

Kurz bevor wir abreisten, fragte mich Hedi, meine älteste Schwester, wie viel Geld wir denn bekommen hätten.

Dieses Geld sollten wir doch bitte für eine Abtreibung verwenden.

Das sagte sie, obwohl sie zu diesem Zeitpunkt selbst schwanger war.

Ben und ich unterhielten uns auf der Fahrt zum Hotel über das Kaffeetrinken anlässlich unserer Hochzeit. Keine Herzlichkeit, nur Kälte war zu spüren gewesen, es war wie ein Beerdigungskaffeetrinken.

Im Gasthof wurden wir sehr freundlich empfangen.

Mein Mann brachte die Reisetasche aufs Zimmer und ich schaute mich neugierig um.

In einer kleinen Kuschelecke hatten sie für uns den Tisch mit Rosenblättern und Kerzenlicht geschmückt.

Verliebt nahmen wir uns in die Arme und schauten nach vorn, mit dem Vorsatz, alles erlebte Negative hinter uns zu lassen.

Zu vorgerückter Stunde begaben wir uns über die knirschenden Treppenstufen auf unser Zimmer.

Zuerst hüpften wir gemeinsam unter die Dusche.

Ich cremte meinen Körper noch mit einer Lotion ein, in der Zeit wärmte mein Mann das Bett an.

Nun lagen wir uns in den Armen und weinten vor Glück.

Wir hatten eine heftige Geräuschkulisse, es regnete stark, die Dachrinne am Haus war defekt und es rauschte wie ein Wasserfall.

Doch in unserem Liebesrausch wurde das zur Nebensache.

Leider wurde unser Liebesleben immer wieder von meinen Wadenkrämpfen unterbrochen.

Raus aus dem Bett, rein in das Bett, doch am frühen Morgen konnte ich dann das Liebesleben wie eine Wahnsinnsglut genießen.

Gegen zehn Uhr gingen wir zum Frühstück.

Ich war sprachlos, als ich das tolle Frühstücksbüfett sah, so etwas hatte ich noch nie gesehen, ein umwerfender Eindruck.

Gegen Mittag fuhren wir in die nächstliegende Stadt.

Dort kaufte ich mir einen wunderschönen Mantel, einen karierten Sporthut und ein hellblaues Umstandskleid.

Anschließend begaben wir uns auf die Heimreise, wo wir dann gleich wieder mit spektakulären Neuigkeiten empfangen wurden.

Nach der Rückkehr von unserer Zwei-Tages-Hochzeitsreise ging ich in die Scheune, um nach meinem Hochzeitsgeschenk, dem Ofen, zu sehen.

Siehe da – der Ofen war weg!

Sofort wurde mir klar, den hat Hedi, meine Schwester.

Ich lief in die Küche, wo die gesamte Familie zusammenhockte.

Wütend schrie ich sie an: „Wo ist der Ofen?" Hedi grinste nur und sagte: „Du hast doch sowieso keinen Platz dafür, der steht bei mir in der Diele."

Daraufhin habe ich die Kontrolle verloren und habe sie angeschrien: „Du hast mich schon genug beklaut!"

Alle sahen mich ganz entsetzt an, denn mit dieser Reaktion von mir hatte keiner gerechnet.

Noch am gleichen Tag haben mein Mann und ein Freund den Ofen zu meiner Tante gebracht.

Als unser Haus fertig war, haben wir ihn als Blickfang in unseren Flur gestellt und wunderschön dekoriert.

***

Nach unserer Hochzeit begaben wir uns auf Wohnungssuche.

Jedoch erfolglos, es gab zu dieser Zeit keinerlei freie Wohnungen.

Notgedrungen mussten wir auf dem Hof unserer Eltern bleiben und in zwei Zimmern leben.

Unser Vorhaben war ja, so schnell wie möglich zu bauen.

Mit diesem Wunsch vor Augen ertrugen wir die Situation.

Um unseren Traum vom eigenen Haus so schnell wie möglich zu realisieren, meldete ich ein Gewerbe an und verdiente mir sonntags und montags und zeitweise auch abends Geld, indem ich den Dorfbewohnern die Haare machte.

Ich arbeitete in jeder freien Minute.

Nach der Geburt unseres Sohnes Mirco besuchten mich meine Mutter und meine älteste Schwester Hedi im Krankenhaus.

Keinerlei herzliche Begrüßung, geschweige denn Freude.

Sie schauten sich mein Kind an und sagten nur: „Ach du lieber Schreck, noch ein Ben."

Er sah tatsächlich aus wie mein Mann in Miniatur.

Völlig glücklich schaute ich auf mein Kind und war so dankbar, Mirco gehörte mir, den würde mir keiner mehr nehmen.

Er war ein Geschenk Gottes, ein gesundes Kind.

Mein Mann und ich waren stolze Eltern.

Nach Mircos Geburt hatte ich einen völligen Zusammenbruch.

Ich war nicht fähig aufzustehen, geschweige denn mein Kind richtig zu versorgen.

Meine Mutter und meine Schwester störte das wenig.

Das Einzige, was ich hörte, war: „Das hast du nun davon, hättest du besser auf uns gehört und abgetrieben."

Meine Schwester Marga kam dann tagsüber und hat uns versorgt.

Nachdem ich mich langsam aus dem Tief herausgerappelt hatte, versuchte ich mit kleinen Schritten, den Alltag wieder zu meistern.

Im Alter von drei Monaten bekam unser Sohn einen Krampfanfall.

Ich schrie fürchterlich um Hilfe, doch als Hedi bemerkte, dass es um Mirco ging, rief sie nur: „Der kann ruhig verrecken."

Ich war in diesem Moment fassungslos und hätte sie hierfür am liebsten umgebracht.

Da habe ich verstanden, was „Mord im Affekt"
heißt.

Mein Mann und ich haben in jeder freien Minute
gearbeitet, um Geld zu verdienen.

Ben ging am Wochenende in einen Imbiss zum
Arbeiten und bekam die Stunde fünf DM.

Oft half er auch in der Metzgerei, in der er gelernt
hatte. Ich arbeitete zusätzlich noch in einem Orchi-
deenhandel.

Sobald dieser einen großen Auftrag bekam, fuhr ich
abends hin und steckte bis in die Nacht die Orchi-
deen in Glasröhrchen, die dann verschickt wurden.

Wir haben keine Gelegenheit ausgelassen, um Geld
zu verdienen.

Unser Antrieb war ja, ein eigenes Zuhause für unsere kleine Familie zu schaffen.

Wir wollten endlich unabhängig von meinen Eltern
sein.

Trotzdem war diese sehr anstrengende Zeit auch
schön.

Wir waren ja noch sehr jung und voller Tatendrang
und Kraft.

Gegenseitig haben wir uns aufgebaut und fanden
auch immer den nötigen Schutz in unserer kleinen
Familie.

Vor allen Dingen gaben wir Mirco all unsere Liebe
und Fürsorge.

Gerade für mich war das sehr wichtig, da ich das in
meiner Kindheit so sehr vermisst hatte.

Da ich zwischenzeitlich nicht immer in einem festen Arbeitsverhältnis war, wurden auch keine Sozialabgaben (Rente) bezahlt.

Meine Mutter hat uns früher immer darauf hingewiesen, wie wichtig es ist, für die spätere Rente zu sorgen.

Damals erfolgte das in Form von Rentenmarken, die gekauft und eingeklebt werden mussten.

Ich habe immer darauf geachtet, dass ich hierfür sparte; hatte ich doch erlebt, wie meine Oma keinerlei Rente bekam und bei uns auf dem Hof arbeiten musste. Jede noch so unangenehme Arbeit musste von ihr erledigt werden.

Mein Vater hat ihr immer zu verstehen gegeben, dass sie nur ein geduldeter Gast sei und ihren Aufenthalt und alle Kosten dafür abarbeiten müsse.

Meine Schwester Marga hat mir oft erzählt, wie sich meine Oma mit der Kittelschürze die Tränen abgewischt hat.

Dabei war sie doch die gute Seele in unserem Haus.

Das war so prägend für mich, dass ich immer dafür gesorgt habe, im Alter abgesichert zu sein und eine Rente zu bekommen.

Jedes Jahr vor Weihnachten kaufte ich die Rentenmarken und klebte sie in ein blaues Büchlein.

Ich bin heute dankbar dafür, dass ich eine Rente bekomme.

Als wir das erste Geld zusammengespart hatten, begannen wir mit dem Hausbau.

Das Geld reichte bis zur Herstellung der Kellerdecke.

Das Grundstück erhielten wir von meinen Eltern als Vorerbe.

Wir haben anschließend unsere Lebensversicherung beliehen und konnten somit weiterbauen.

Weder meine Eltern noch meine älteste Schwester Hedi gönnten uns unser Vorhaben.

Lediglich meine Schwester Marga stand uns immer zur Seite, wofür ich ihr heute noch dankbar bin.

Obwohl Hedi mit ihrem Mann inzwischen zwei Kinder hatte, die alle mit im Elternhaus lebten, mussten Ben und ich den gesamten Strom- und Wasserverbrauch zahlen.

Geburtstagsgeschenk für meine Mutter.

Der Geburtstag meiner Mutter stand kurz bevor.

Mal wieder wurde über Margas und meinen Kopf entschieden.

Hedi bestimmte wie immer: „Die Mutter bekommt eine neue Uhr zum Geburtstag!"

Wir drei gingen zu Fuß zum Juwelier nach Dornbusch.

Schnell hatten wir eine goldene Uhr ausgesucht.

Ich sehe sie heute noch vor mir: Beiges Ziffernblatt, eingefasst mit einem Goldrand und braunem Lederband, zum Preis von 85,– DM.

Als es an der Kasse um das Bezahlen ging, war meine Schwester Hedi spurlos verschwunden.

Es blieb uns nichts anderes übrig … Marga und ich mussten die Uhr bezahlen.

Hedi stand draußen vor dem Geschäft am Schaufenster und wartete, bis wir herauskamen.

Auf dem Heimweg sprach ich sie auf den Vorfall an.

„Ach", sagte sie, „du verdienst doch nebenbei beim Haaremachen so viel, dass du die Uhr bezahlen kannst."

In diesem Moment hatte es mir die Sprache verschlagen, der pure Neid stand ihr im Gesicht geschrieben. Zu Hause hat sie als Erste die Geburtstagskarte unterschrieben, damit konnte sie bei meiner Mutter mal wieder punkten.

Unserer Mutter haben Marga und ich am nächsten Tag erzählt, wer die Uhr tatsächlich bezahlt hat.

Schadenfroh sah sie uns beide an, nahm die Uhr und schenkte sie meiner Schwester Hedi.

Wir beide waren fassungslos und wären bald vom Stuhl gefallen.

Tja: Kind Nummer eins! – Wie immer!

***

Mit 69 Jahren verstarb mein Vater an Darmverschluss.

Dadurch wurde das innige Verhältnis zwischen Hedi und meiner Mutter noch intensiver.

Mein Mann, mein Sohn und ich waren nur noch Ausschussware.

Mirco hatte keinerlei Verbindung zu seiner Oma; sobald er in die Küche kam, hieß es: „Geh nach oben."

Wenn er nicht sofort folgte, trampelte meine Mutter so auf dem Boden, dass er Angst bekam und zu weinen anfing.

Ich nahm ihn dann liebevoll auf den Arm und tröstete ihn.

Unser Sohn Mirco war unser Mittelpunkt und Sonnenschein.

Es war immer ein Elternteil bei ihm, wenn einer von uns arbeiten ging.

Nach dem Tod meines Vaters übernahm meine Schwester Hedi sofort den Schweinehandel.

Meiner Mutter kam es überhaupt nicht in den Sinn, meinen Mann zu fragen, ob er das übernehmen möchte.

Schließlich war Ben ja vom Fach und hätte den Schweinehandel meistern können.

Meine Schwester war dann mit ihrem Schweinehandel so sehr beschäftigt, dass sie keine Zeit mehr für ihre Kinder hatte.

Ich musste die jüngere Tanja dann ständig beaufsichtigen.

Aber Tanja und mein Sohn haben sich gut verstanden und konnten schön zusammen spielen.

Das Geschäftliche rückte immer mehr in den Vordergrund, Liebe bekam Tanja nur noch von ihrem Vater.

Einmal ist mir der Kragen geplatzt und ich sagte zu ihr: „So ändern sich die Zeiten – von wegen geliebtes Kind: Alles, was Geld einbringt, ist dir wichtiger, als deinem Wunschkind Liebe zu geben."

Als Reaktion auf meine Worte hat sie mich mit einem puterroten Gesicht angespuckt und ihr Kind von mir gezerrt.

Tanja schrie fürchterlich, klammerte sich an meinen Beinen fest und streckte ihre Händchen Hilfe suchend mir entgegen.

Das Gesicht meiner Schwester verzerrte sich vor lauter Zorn, sie musste sich eingestehen: Tanja wäre gerne bei uns geblieben.

Gott sei Dank konnten wir nach drei Jahren in unser halb fertiges Haus einziehen.

Was war das eine Erlösung für uns!

Obwohl noch sehr viel Arbeit auf uns wartete, lebten wir ganz unbeschwert und glücklich in unserem eigenen neuen Zuhause.

Abends saßen wir im Wohnzimmer auf Cocktailsesseln vor einem runden Tisch.

Diese Einrichtung hatten wir von Bens Oma bekommen.

Überhaupt hat uns die Familie meines Mannes immer unterstützt.

Unsere Devise lautete auch jetzt, wie schon vorher: Niemals aufgeben – leben – arbeiten – leben.

Mit vier Jahren kam Mirco in den Kindergarten.

In dieser Zeit konnte ich vier Stunden in einem Vertrieb arbeiten und habe Zeitschriften sortiert.

Es kamen noch einige nicht vorhergesehene Kosten auf uns zu, die wir mit diesem Geld bezahlen konnten.

Meine Schwiegereltern halfen uns auch, so gut sie konnten.

Wir haben unser Leben und unser Zusammensein in unserer kleinen Familie sehr genossen.

Gerne habe ich mich in der Natur und im Wald aufgehalten und mit großer Freude sammelte ich Waldbeeren.

Als ich Anfang 20 war, gab es so viele Waldbeeren, dass ich Marmelade davon kochte und sie auf dem Flohmarkt verkaufen konnte.

Das Schönste an dem Pflücken waren die Naturerlebnisse.

Einmal entdeckte ich ein Rehkitz, das schon stark abgemagert war. Die Mutter hatte es nicht angenommen.

Ich holte eine Decke aus dem Auto und habe es mit nach Hause genommen.

In Absprache mit unserem Förster durfte ich es mit der Flasche großziehen, bis es wieder selbstständig in der Natur leben konnte.

Im September jeden Jahres fing ich an, Pilze zu sammeln.

In unserer Nähe gibt es ein besonders schönes Waldgebiet, das mit keinem anderen vergleichbar ist.

Der Ausblick ist fantastisch.

Es war und ist für mich ein magischer Ort.

Hier konnte und kann ich alle meine Ängste und Sorgen lassen und vergessen.

Hier fühlte und fühle ich mich bis heute mit der Natur im Einklang.

Ich sammelte Röhrlinge, Schwammerle und ganz besonders stolz war ich, wenn ich Steinpilze fand.

Zu Hause schnürte ich die Hälfte meiner Ernte auf eine Kordel und hängte sie zum Trocknen in den Keller.

Sie schmeckten im Winter hervorragend zu vielen Fleischgerichten.

Im November, bevor die Adventszeit begann, suchte ich ausgefallene Baumwurzeln und Baumstücke.

An den alten gefällten Bäumen wuchsen wunderschöne Baumpilze.

All das nahm ich mit nach Hause und bastelte die schönsten Adventsgestecke daraus.

Ich habe eine sehr ausgeprägte Kreativität, für die ich sehr dankbar bin.

Aus den gefundenen Naturmaterialien stellte ich viele Gestecke her.

Zum Teil habe ich sie den Menschen geschenkt, die mich immer unterstützt haben.

Die restlichen habe ich auf Flohmärkten verkauft, um unsere finanzielle Situation zu verbessern.

Wir waren nach wie vor superglücklich in unserem eigenen Reich.

Aber mit Mitte 20 hatte ich das Gefühl, irgendetwas verpasst zu haben.

Wie sagt man so schön? Ich wurde flügge.

Es traf sich gut, dass ich zwei Freundinnen hatte, die jede Woche freitags in die Diskothek zogen.

So dachte ich mir, das ist die Gelegenheit, da fährst du mit.

Gesagt – getan.

Aufgebrezelt habe ich mich freitagmorgens mit Selbstbräuner.

Hinzu kamen tolle Klamotten und eine stylische Frisur.

Als ich das erste Mal die Tür zur Diskothek öffnete, habe ich erst mal dagestanden und wusste gar nicht, wie mir geschah.

Eine super Liveband spielte die neuesten Hits.

Es war für mich ein unbeschreibliches Gefühl.

Ich stand mit großen Augen und offenem Mund da und war sprachlos.

Mein Mann und ich waren ja nicht mehr ausgegangen, da wir unseren Sohn nicht in die Obhut meiner Mutter geben wollten.

Also waren wir zu Hause geblieben.

Der erste Tanzpartner ließ nicht lange auf sich warten.

Ich ließ keinen Tanz aus, ab jetzt wurde mir richtig bewusst, was ich alles verpasst hatte.

Der Tanzpartner, der mich immer wieder aufforderte, war total mein Typ, groß, sportlich und gut aussehend.

Ab da habe ich immer dem Freitag entgegengefiebert.

Hallo – was habe ich in dieser Diskothek für tolle Männer kennengelernt!

Vor allen Dingen, dieses berauschende Gefühl, begehrt zu sein.

Mein Tanzpartner, Rolf hieß er, war genauso besessen.

Er war jeden Freitag in der Disco und ließ nicht locker.

Er bedrängte mich ohne Ende.

Auf der einen Seite war es so ein tolles Gefühl, von einem Mann begehrt zu werden, auf der anderen Seite dachte ich jedoch immer an meine Familie.

Aber wenn ich in seinen Armen lag, fuhren meine Gefühle Achterbahn.

Ich ließ meinen Gefühlen freien Lauf.

Es kam, wie es kommen musste, wir kamen uns auch sexuell näher, was meine Sexkenntnisse enorm bereicherte.

Mein schlechtes Gewissen gegenüber meinem Mann habe ich damit gerechtfertigt, dass auch er von meinen neuen Kenntnissen profitieren konnte.

Immer wenn wir uns trafen, erbebte jede Faser meines Körpers.

Wir genossen die wilden Stunden in seinem Auto oder in der Natur.

An einem Freitag war es wieder so.

Wir gaben uns selbstvergessen im Auto unseren Gefühlen hin.

Plötzlich wurde die Autotür aufgerissen.

Mein Mann stand mit loderndem Blick da.

Seine Verachtung traf mich wie ein Peitschenhieb.

Er schrie nur noch: „Du bist ein schamloses Flittchen!"

Mein Geliebter raffte seine Hosen und floh.

Weinend und flehend stand ich vor meinem Mann.

Er zog mich in sein Auto, schrie und weinte fürchterlich.

Das war in diesem Moment für mich ein solch emotionaler Liebesbeweis, dass ich zu Hause vor ihm auf die Knie gefallen bin.

Ich habe gebettelt und ihn gebeten, mir zu verzeihen.

Aber verständlicherweise war er so verletzt, dass er mich keines Blickes mehr gewürdigt hat.

Er zog aus unserem Schlafzimmer aus und schlief auf dem Sofa. Ich habe gelitten, geweint und wusste nicht mehr weiter.

Ich habe dann alles für unsere Beziehung getan, um mit meinem Mann wieder zusammenzukommen.

Hatte ich doch erkannt, der Rausch der Leidenschaft ist zwar grandios, diese Achterbahn, diese Schmetterlinge, das Begehrtsein.

Aber es wog bei Weitem nicht die tiefe Liebe auf, die ich für meinen Mann empfand.

Nach geraumer Zeit hatte mein Mann das Vertrauen zu mir zurückgewonnen.

Ich war so glücklich, dass mir die Tränen in die Augen stiegen.

„Ich liebe dich", flüsterte ich, „ich liebe dich."

Bei meinem Mann verspürte ich die ehrliche Liebe sowie auch die Erfüllung im Liebesleben.

***

Als ich meinen Mann kennengelernt hatte, wohnten meine Schwiegereltern in einer kleinen Stadt im Märkischen Kreis.

Mein Schwiegervater war Metzger, die Schwiegermutter Blumenverkäuferin.

Ben wurde 1944, am gleichen Tag wie ich, nur drei Jahre früher, geboren.

Er war der Sonnenschein in der Familie.

Seine Oma lebte auch mit im Haushalt.

Ben wurde behütet wie ein Rohdiamant.

Mein Schwiegervater war in Kriegsgefangenschaft geraten.

Er kam zurück, als Ben zwei Jahre alt war.

Mein Mann erzählt heute noch oft, wie verängstigt er vor dem Sofa der Oma hin- und hergelaufen ist, so hat er sich vor seinem Vater gefürchtet.

Sein Vater Otto war gezeichnet vom Krieg.

Er hatte den Körper voller Wasser, war völlig aufgedunsen und nur mit Stofflappen bekleidet.

Ben hatte einfach nur Angst vor ihm.

Es dauerte lange, bis mein Schwiegervater von seiner Familie wieder angenommen wurde.

Es war sehr traurig, dass ein Mann, der so schreckliche Dinge erlebt hatte, nicht sofort wieder von seiner Familie aufgenommen wurde.

Zu dieser Zeit lebte auch die Schwester meiner Schwiegermutter mit zwei Kindern in der Wohnung.

Sie war von ihrem Mann geschieden.

Für meinen Schwiegervater war das eine schwere Zeit.

Er bekam sehr viel Ablehnung zu spüren.

Gott sei Dank fand er eine Anstellung in einem Industriebetrieb am Hochofen, ganz in der Nähe.

Wie man sich vorstellen kann, die reinste Knochenarbeit. Er hat mir später erzählt, dass diese Arbeit für ihn sehr wichtig war, sie hat ihn ins Leben zurückgeführt.

Er konnte dadurch wieder lernen, mit Menschen umzugehen und Vertrauen zu fassen.

Immer am Ersten eines Monats bekam er seinen Lohn in bar.

Meine Schwiegermutter und Ben gingen dann ins größte Kaufhaus am Ort und aßen Kartoffelsalat mit Würstchen.

Mit der Zeit wurde das Zusammenleben mit der Oma (Mutter der Schwiegermutter) unerträglich.

Sie beschimpfte ihn, nahm sein Portemonnaie und durchsuchte es.

Selbst das Essen versteckte sie vor ihm und ließ ihn hungern.

So mietete mein Schwiegervater Otto dann eine neue Wohnung für seine Familie, ohne seine Mutter.

Ben war sehr viel bei der Oma, die beiden liebten sich abgöttisch.

Sie kochte Ben alles, was er am liebsten mochte.

Irgendwie hatte sich ihre Liebe auf den Enkel übertragen.

Die ersten Kirschen, die es auf dem Markt gab, kaufte seine Mutter oder Oma für den kleinen Ben.

Mein Schwiegervater wurde immer wieder aufs

Neue von seiner Familie enttäuscht, denn der beste Freund meiner Schwiegermutter war der Weizenkorn.

Eisgekühlt stand er immer im Kühlschrank, daneben das gekühlte Schnapsglas.

Als ich die erste Zeit mit Ben zusammen war, fuhr ich öfter mit zu seinen Eltern.

Dort habe ich erst mal kennengelernt, was Familie und Essen bedeutet.

Mein Schwiegervater hatte mittlerweile die Arbeitsstelle gewechselt und arbeitete jetzt in einer Metzgerei.

Ben konnte dann in dieser Metzgerei seine Ausbildung zum Metzger machen.

Fleisch war daher immer vorhanden.

Wenn wir auf Besuch kamen, wünschten wir uns immer Rumpsteak mit Zwiebeln und Champignons, was uns hervorragend schmeckte.

Zu Beginn meiner Schwangerschaft bekochte uns meine Schwiegermutter vorzüglich.

Besonderen Heißhunger hatte ich in dieser Zeit auf Kopfsalat, den sie mir dann auch zubereitete.

Es tat so gut, dass sich meine Schwiegereltern mit uns auf unser Kind freuten.

Meine Schwiegermutter gab sich immer mehr dem Alkohol hin.

Mit Anfang 50 bekam sie den ersten Herzinfarkt.

Doch auch das hielt sie nicht davon ab, weiterzutrinken.

Nun lernte sie auch noch in der Nachbarschaft eine Dame kennen, die das gleiche Alkoholproblem hatte.

Mein Schwiegervater Otto war sehr böse darüber, denn oft, wenn er nicht da war, startete schon morgens die Weizenkorn-Party.

Die Lieder von Heino schallten durch das ganze Haus.

Mit Mirco sind wir sonntags immer zu meinen Schwiegereltern gefahren.

Sie liebten ihren Enkel wie ihren Sohn.

Das habe ich an ihnen sehr geschätzt.

Mit 56 Jahren bekam meine Schwiegermutter den zweiten Herzinfarkt.

Hiervon erholte sie sich zwar sehr langsam, doch sie rappelte sich wieder auf und ging auch wieder ihrer Arbeit nach. Mit 65 Jahren starb sie dann am dritten Herzinfarkt.

Als dann auch nach kurzer Zeit die Mutter meines Schwiegervaters starb, konnte er zum ersten Mal befreit leben.

Ben dagegen war sehr traurig.

Er vermisste seine Oma sehr.

Nachdem einige Zeit vergangen war, lebte mein Schwiegervater förmlich auf.

Er konnte endlich mal beruhigt von der Arbeit nach Hause kommen und auch Entscheidungen alleine treffen.

Wir zwei hatten schon immer ein sehr gutes Verhältnis zueinander.

In der Metzgerei, in der er arbeitete, war er anerkannt und geschätzt.

Er flog mit seinem Chef nach Mallorca und gönnte sich von nun an immer mal was Besonderes.

Mittags ging Otto stets durch seinen Wohnort spazieren. Hierbei lernte er eine Dame kennen, die ihn sonntags immer zum Essen und Kaffeetrinken einlud. Abends rief er mich dann an und erzählte mir, wie gut es ihm geschmeckt habe und wie schön der Tag gewesen sei.

Er war nicht mehr allein und hat mit dieser Dame einiges unternommen.

Es hat beiden sehr gut getan und ich habe mich sehr für ihn gefreut.

Bis zum 87. Lebensjahr war er noch aktiv, doch dann begann der körperliche und geistige Verfall.

Ab jetzt kümmerte ich mich verstärkt um ihn.

Ich konnte ihm jetzt etwas von dem zurückgeben, was ich von ihm erhalten hatte.

Kurze Zeit später bekam er einen Magendurchbruch und kam ins Krankenhaus.

Dort infizierte er sich zusätzlich mit dem ansteckenden MRSA-Keim. Anschließend wurde er zum Pflegefall. Wir holten ihn zu uns, wo ich ihn bis zu seinem Tod liebevoll pflegte.

Da er in seinem Leben nicht mit Liebe überschüttet worden war, haben wir ihn umso mehr spüren lassen, dass er bei uns willkommen war.

Er ist dann nachts in meinen Armen gestorben.

***

Wir feierten das Fest der Konfirmation unseres Sohnes im Familienkreis und hatten dazu meine Mutter und meine Schwestern ebenfalls eingeladen.

Es wurde den ganzen Nachmittag nur über Erbangelegenheiten diskutiert.

Meine Mutter erklärte an diesem Tag vor allen Anwesenden, dass meine älteste Schwester Hedi alles erben würde.

Meine Schwester Marga und ich sollten mit dem Pflichtteil abgefunden werden.

Wenn sie eine Möglichkeit finden würde, dann würde sie Marga und mir auch noch den Pflichtteil verwehren.

Hierüber wurde so laut und aggressiv diskutiert, bis mir dann der Kragen platzte.

Ich habe ihnen den Stuhl unter dem Allerwertesten weggezogen und geschrien: „Jetzt aber nur raus hier!"

Ab diesem Zeitpunkt habe ich mein Elternhaus nicht mehr betreten.

Es wurde in mir wieder alles aus der Vergangenheit aufgewühlt, aber damit sollte jetzt Schluss sein.

Nach dem Tod meiner Mutter ist der Wunsch meiner ältesten Schwester in Erfüllung gegangen, sie wurde im Testament als Alleinerbin eingetragen.

Wir haben unseren Pflichtteil bekommen, abzüglich der bereits vorher erhaltenen Zuwendungen.

Das Thema Erben war somit Geschichte.

Damit hatte sich für mich noch mal bestätigt: Hedi war Mutters Wunsch- und Lieblingskind.

Meine älteste Schwester und ihr Mann bewohnten von da an mit ihren zwei Kindern allein das Hofgut.

Glücklich hat es sie aber auch nicht gemacht.

Man braucht schon Kreativität, um aus einem solchen Anwesen etwas zu machen.

Ideen hätte ich ohne Ende gehabt, aber es gehörte mir ja nicht.

In diesen Jahren habe ich die verschiedensten Tätigkeiten neben meinem Beruf als Friseurin ausgeübt.

Wir brauchten ja weiter Geld für unser Haus.

Im Nachbarort gab es eine Puppenfabrik.

Die Chefin wusste, dass ich Friseurin war, nahm Kontakt mit mir auf und fragte mich, ob ich einer bestimmten Puppensorte die Haare zu einem Pagenkopf schneiden würde.

Diese Puppen bekam ich als Heimarbeit.

Nach sechs Wochen waren die Puppen alle fertig frisiert.

An einem Samstag war im Stellenmarkt unserer Zeitung eine Stelle ausgeschrieben: Der örtliche Stromanbieter suchte Aushilfskräfte zum Stromablesen.

Ich bewarb mich und bekam den Job.

Die Zeit konnte ich frei einteilen, so ließen sich mit meinem Mann die Zeiten so abstimmen, dass unser Sohn immer versorgt war.

Bei dieser Tätigkeit lernte ich sehr viele Menschen kennen, unter anderem auch einen älteren Herrn, der mir eine herzzerreißende Geschichte erzählte: Er hätte das schönste Herz, meins wäre nicht mal annähernd so schön wie seins.

Verwundert schaute ich ihn an und fragte: „Warum ist dein Herz schöner als meins?" Er antwortete: „Mein Herz ist perfekt und deins ist ein Durcheinander aus Narben und Tränen."

Ich lauschte gespannt, als der alte Mann weitererzählte: „Jede Narbe steht für einen Menschen, dem ich mein Herz geöffnet habe. Manchmal habe ich auch ein Stück meines Herzens gegeben, ohne dass mir der andere ein Stück seines Herzens gegeben hat. Das bedeutet, auch manchmal ein Risiko einzugehen."

Diese Erzählung war für mich endlich der Moment, wo ich die Vergangenheit Vergangenheit sein lassen konnte, und es hat mir geholfen, nach vorn zu blicken.

Nach ein paar Jahren wurde die Stelle für Festangestellte neu ausgeschrieben und somit war für mich der Job beendet.

Gute Freunde von mir arbeiteten in einem Altenheim.

Sie erzählten mir, dass dort dringend eine Nachtwache gesucht würde.

Das kam mir sehr gelegen, denn nachts brauchte mich zu Hause niemand.

Diese Tätigkeit bereitete mir sehr viel Freude.

Die meisten Heimbewohner waren aufgeschlossen und dankbar, wenn man mit ihnen redete.

Nachdem ich eine Zeit lang in dem Heim beschäftigt war, kam mir der Gedanke, ältere Menschen, die Pflege benötigten, in unserer Souterrainwohnung aufzunehmen.

Ich informierte mich über die Voraussetzungen sowie Auflagen und erledigte diese.

Da ich selbst noch keine ausgebildete Pflegekraft war, habe ich eine examinierte Altenpflegerin beschäftigt und los ging's.

Als Erstes bekam ich eine Dame aus dem Sauerland.

Diese fühlte sich bei uns sehr wohl und blühte auch wieder auf.

Gesundheitlich ging es ihr dann auch wieder viel besser.

Ich bemerkte, wie persönliche Ansprache und das Leben in Gemeinschaft sich positiv auswirkten.

Das alles war mit ein Grund, dass die Sozialarbeiterin mir ganz schnell die zweite Dame vermittelte.

Unser Hausarzt war begeistert von meiner Arbeit und fragte mich, ob ich seine Mutter pflegen würde.

Sie bekam, wie die anderen auch, ein liebevoll eingerichtetes Zimmer.

Mein Hausarzt und die Sozialarbeiterin standen mir immer mit Rat und Tat zur Seite, da ich zu dieser Zeit noch keine ausgebildete Altenpflegerin war.

Ich habe bis zu acht Personen bei uns im Haus versorgt.

Sie waren alle so dankbar, bei uns leben zu dürfen, denn sie wurden in unser Leben integriert.

Wir haben ihnen unsere Aufmerksamkeit, unsere

Kraft und unsere Liebe gegeben und dafür bekamen wir so viel Dankbarkeit und Liebe zurück.

Um meine Kenntnisse zu vertiefen, absolvierte ich meine Ausbildung zur examinierten Altenpflegerin.

In der Ausbildungszeit übernahm die Krankenschwester, die mir zur Seite stand, die Pflege, damit ich mich ganz aufs Lernen konzentrieren konnte.

Ich war Klassenälteste in meiner Schulklasse.

Die meisten Schüler hatten einen Realschulabschluss oder Abitur.

Ich mit meinen Hauptschulkenntnissen musste doppelt so viel lernen.

Durch meinen Fleiß wurde ich eine gute Schülerin, konzentrierte mich voll auf die Ausbildung, da ich ein Ziel vor Augen hatte und es schaffen wollte.

Nach zweijähriger Ausbildung stand die Prüfung an. In der mündlichen Prüfung bekam ich das Thema Thrombose.

Über dieses Thema hatte ich in der Ausbildung ein Referat gehalten.

Die gesamte Prüfungskommission saß vor mir auf dem Podium.

Ich hatte weiche Knie und ein mulmiges Gefühl im Bauch.

Innerlich sagte ich mir: „Kopf hoch, Rücken gerade und durch!"

Meine Gesundheitslehrerin stellte mir die Fragen.

Ich hatte das Thema noch so gut im Kopf, dass ich geredet habe wie am Fließband.

Ich bemerkte, dass mir immer jemand von der Prüfungskommission eine Frage stellen wollte, doch es kam niemand zu Wort.

Ich wollte auch niemanden zu Wort kommen lassen, somit hatte niemand die Chance, mir Fragen zu stellen, die mich vielleicht ins Schwitzen gebracht hätten.

Nach dieser bestandenen theoretischen Prüfung kam ein Kommissionsmitglied auf mich zu, gratulierte mir und lachte.

Er sagte: „Ich konnte merken, wie Sie bei Ihrem Vortrag im Kopf die Seiten umgeblättert haben."

Nach dieser theoretischen Prüfung stand die praktische an.

Meine Kollegin und ich hatten in unserem Fach Gesundheitslehre ein wunderbares Therapielied an einer Patientin erprobt.

Das hatte mich so angesprochen, dass ich mir sofort überlegt habe: Das nimmst du mit in die praktische Prüfung!

Geprüft wurden wir zu zweit.

Elke und Konstanze waren meine beiden Mitschülerinnen.

Helen lehnte sofort ab, als ich ihr von meinem Vorhaben erzählte.

Konstanze war zuerst skeptisch, doch wir beide zogen das durch.

Das Lied beinhaltete Motivationsübungen, zum Beispiel rechtes Bein nach oben, linken Arm beugen.

Die Person, die auf der Liege lag, strahlte schon beim ersten Ton.

Sie war so motiviert, dass sie sogar in unseren Gesang einstimmte.

Die Prüfungskommission war so beeindruckt, dass keiner mehr einen Ton sagte.

Nach dem Ablauf kam meine Gesundheitslehrerin auf mich zu und sagte: „Das kam bestimmt von Ihnen."

Konstanze war so happy, sie hat mich gedrückt und geküsst.

Helen dagegen war völlig deprimiert.

Konstanze und Helen standen beide zwischen der Note „Eins" und „Zwei".

Konstanze kam durch das Lied auf ihre „Eins", Helen blieb auf ihrer „Zwei".

Ich habe die Prüfung mit einer „Zwei" bestanden.

Darauf war ich sehr stolz, da ich doch die älteste Teilnehmerin war.

Zu diesem Zeitpunkt war ich 32 Jahre alt.

Nach der Ausbildung musste ich ein Anerkennungsjahr absolvieren.

Ich fand eine Anstellung in der Gerontopsychiatrie in einem Heim und war mehr als schockiert, wie man mit Heimbewohnern umging.

Es waren unzumutbare Zustände, doch durfte ich im ersten Jahr nicht viel dazu sagen, da ich auf diese Anstellung angewiesen war.

Nach diesem ersten Jahr habe ich dann meinem

Unmut Luft gemacht und alle unschönen Begebenheiten der Heimleitung geschildert.

Ich habe mich durchgesetzt und mich für die Heimbewohner eingesetzt, was mir bei der Heimleitung und der Dame, die für die Pflege zuständig war, jede Menge Ärger einbrachte.

Traurig ... die Bewohner bekamen unter anderem noch nicht mal genug zu essen ... ich konnte es einfach nicht mehr mit ansehen und habe diese Anstellung dann auch schnell gekündigt.

Parallel zu meiner Arbeit hatte ich mich entschlossen, selbst ein Heim aufzubauen.

Mein Mann war mit meinem Vorschlag einverstanden.

Ich hatte alle Pläne fertig, die Genehmigungen lagen alle vor.

Doch dieser Plan wurde überschattet, da bei mir Unterleibskrebs diagnostiziert wurde.

Ich war am Boden zerstört und hatte einfach nur Angst um mein Leben.

Aber mein Motto war: Gib nie auf, denn du weißt nie, wie nah du schon am Ziel bist!!!

Selbst bei dieser Erkrankung haben sich meine Mutter und meine ältere Schwester nicht nach mir erkundigt.

Da wurde mir wieder bewusst, wie sehr sie mich hassten und mir den Tod wünschten.

Doch auch da habe ich mich eisern durchgekämpft.

Sofort kam ich ins Krankenhaus zur Totaloperation.

Der Arzt betonte, dass es bei mir fünf vor zwölf gewesen sei.

Ich erholte mich dann relativ schnell, dank der liebevollen Pflege und Unterstützung meines Mannes.

Nachdem ich alles gut überstanden hatte, packte mich erneut mein Ehrgeiz.

Das Projekt Altenheim habe ich nicht weiterverfolgt, da das nach der überstandenen Operation körperlich zu anstrengend für mich gewesen wäre.

Aber ich brauchte eine Beschäftigung.

Ich konnte nicht einfach nur rumsitzen und nichts tun.

Das Leben rief nach mir.

Da wir auch schon länger keine Person mehr zu Hause pflegten, war im Souterrain Platz für eine Einliegerwohnung.

Mit neuem Tatendrang und Ideen wurde die Wohnung ausgebaut.

Die Wohnung wurde dann an einen jungen Engländer namens Jack vermietet, der auch bald mit zur Familie gehörte.

Nachdem das erledigt war, musste eine neue Aufgabe her.

Ich hatte schon immer großes Interesse an alten und antiken Möbeln.

Da ich ja jetzt ohne Beschäftigung war und Zeit hatte, begann ich bei Freunden und Bekannten die Speicher zu plündern.

Manchmal musste ich etwas dafür bezahlen, oft

bekam ich die alten Stücke aber geschenkt, da man froh war, sie loszuwerden.

Hierbei hat mir Jack geholfen und ist mit mir sogar den Sperrmüll abgefahren.

Dabei hatten wir eine Menge Spaß und haben einige tolle Sachen gefunden.

Es war unglaublich, was da alles so weggeworfen wurde.

Zu Hause arbeitete ich dann die Möbelstücke auf.

Die vorhandene Farbschicht wurde entfernt, damit die natürliche Holzstruktur zur Geltung kam.

Mit einigen wundervollen Stücken habe ich unser Haus eingerichtet.

Es war herrlich, sich mit diesen aufgearbeiteten Möbeln zu umgeben.

Ich hatte oft das Gefühl, die Möbelstücke wollten mir ihre Geschichte erzählen.

Das war eine schöne Beschäftigung, brachte allerdings kein Geld ein.

Mein Mann verdiente zwar den Lebensunterhalt für uns, aber das reichte mir nicht.

Ich wollte wieder arbeiten und brauchte eine Beschäftigung.

Mode in großen Größen war für mich immer schon ein Thema; da ich selbst Größe 44 trug und nie junge, flotte und pfiffige Mode fand, kam mir der Gedanke … du eröffnest ein Geschäft und verkaufst Mode in großen Größen.

Ohne groß darüber zu reden, fuhr ich in die nächstgrößere Stadt und habe mich umgeschaut, was in diesem Bereich so angeboten wurde.

Natürlich nichts Brauchbares.

Zufällig kam ich an einem leer stehenden Ladenlokal vorbei.

Heute weiß ich: Ein Zufall war das nicht, es sollte so sein.

Die Telefonnummer des Eigentümers war auf einem Zettel angegeben, der an der Schaufensterscheibe klebte.

Sofort rief ich ihn an.

Der Eigentümer sagte mir, dass der Laden schon vergeben sei.

Allerdings fragte er mich nach meinem Vorhaben.

Ich erzählte ihm von meinem Wunsch, einen Laden für Damenmode in großen Größen zu eröffnen.

Wir unterhielten uns eine Weile über meine Idee und er gab mir zum Schluss des Gespräches seine Adresse.

Er meldete sich noch am gleichen Abend bei mir und erklärte, dass ich das Ladenlokal bekomme, da ihn meine Idee fasziniere.

Mit einem mulmigen Gefühl im Bauch unterbreitete ich meinem Mann mein Vorhaben.

Er reagierte aber recht positiv, er war ja schon einiges von mir gewohnt.

Hier muss ich einfach mal bemerken, dass ich mit meinem Mann einen großen Glücksgriff gemacht habe.

Natürlich hatten auch wir unsere schwierigen Zeiten, aber wir haben uns immer wieder zusammengerauft.

Er steht bis heute hinter mir und meinen zugegebenermaßen teils schrägen Ideen und meinem Elan, dem ich verdanke, dass ich bisher nicht untergegangen bin.

Ich fuhr zuerst zur Modemesse nach Düsseldorf und informierte mich über Hersteller in großen Größen.

In einem Shop erzählte mir eine Mitarbeiterin, dass sich im Münsterland gerade eine Dame auf diesem Gebiet selbstständig gemacht habe.

Sie gab mir die Adresse und ich setzte mich mit ihr in Verbindung.

Wir vereinbarten einen Termin und ich fuhr zu ihr.

Sie erklärte mir, wie sie an das Vorhaben herangegangen war.

Ich bestaunte ihren Laden, dessen Einrichtung sehr hochwertig und ansprechend war und sicherlich viel Geld gekostet hatte.

Alles beeindruckte mich, allerdings hatte ich vor einer solch hohen Investition Angst.

Was würde passieren, wenn es nicht angenommen würde und keine Kunden kommen würden? Ich hätte dann Schulden, die ich abzahlen müsste – für nichts.

Für ihre Werbung und ein Emblem hatte sie schon einen hohen fünfstelligen Betrag ausgeben müssen.

Da ich so viel Geld nicht ausgeben wollte und konnte, dachte ich sofort an meine Nichte.

Sie war Grafikerin und ebenfalls sehr kreativ.

Sie hat mir dann mein Emblem kostenlos entworfen.

Innerhalb von sechs Wochen hatten wir den Laden in Eigenregie renoviert, alles vom Feinsten.

Einige antike Möbelstücke von zu Hause wurden als Blickfang im Laden dekoriert.

Alles sah sehr hochwertig aus und dank der Kreativität meiner Nichte und mir konnte der Laden sehr preisgünstig eingerichtet werden.

Nun musste Ware ins Geschäft.

Zuerst vereinbarte ich mit meiner Kollegin aus dem Münsterland, dass ich ihr einen Teil ihrer eingekauften Ware abnehmen würde, da sie bei ihrem letzten Einkauf etwas zu großzügig eingekauft hatte.

Somit profitierten wir beide von der Situation.

Sie konnte die überschüssige Ware abgeben und ich kam an Saisonware, die ich nicht mehr ordern konnte.

Weitere Ware habe ich dann bei den verschiedensten Herstellern bestellt, das, was ich noch bekommen konnte.

Einen Teil meines benötigten Kapitals bekam ich von meinem Schwiegervater geliehen, den Rest musste ich über einen Kredit bei der Bank finanzieren.

Das alles hat mich manch schlaflose Nacht gekostet, da ich ja nicht wusste, ob das Ganze auch zum Erfolg führen würde.

Nachdem das alles geregelt war und das Geld zur Verfügung stand, fuhren mein Mann und ich mit unserem alten Nissan ins Münsterland, holten die Ware ab und überreichten den Scheck.

Wir luden alles in unseren alten Wagen und wollten los.

Leider streikte mal wieder der Anlasser.

Also nahm ich den mitgeführten Hammer, klopfte auf den Anlasser, das Auto sprang an und wir konnten abfahren.

Im Rückspiegel sah ich, wie meine Kollegin nur noch den Kopf schüttelte.

Ihre Gedanken konnte ich erahnen … Ich habe mich natürlich geschämt und zu meinem Mann gesagt: „Alt und gebraucht … aber bezahlt."

Viele Anregungen konnte ich mir aus ihrem Geschäft mitnehmen, allerdings habe ich alles mit wenig finanziellem Aufwand umsetzen können.

Die topmodische Ware, die ich bei den Herstellern eingekauft hatte, wurde geliefert.

Mithilfe meiner Nichte wurde alles ausgepackt und so zusammengestellt, wie es getragen werden konnte.

So entstanden schöne Kombinationen, die wir dann aufhängten.

***

Dann kam die Eröffnung.

Ich war gespannt wie ein Flitzebogen und schrecklich aufgeregt.

Den Abend vor der Eröffnung starteten wir mit einer Modenschau.

Ich hatte sehr ansprechende Models gefunden, welche die eingekaufte Ware perfekt präsentierten.

An diesem Abend kamen dank der Werbung, die wir gestartet hatten, sehr viele Interessentinnen.

Die Sitzgelegenheiten reichten nicht aus, die Damen standen bis zur Treppe.

Nach der Modenschau konnte ich schon sehr viele Kollektionen reservieren.

Der Tag der Eröffnung schlug wie eine Bombe ein.

Eine Verkäuferin, die gleichzeitig auch Schneiderin war, unterstützte mich, wo sie nur konnte.

Zudem hatte ich noch zwei Aushilfen und die Kollegin aus dem Münsterland war ebenfalls zur Unterstützung gekommen.

Wir erreichten an diesem Tag einen Spitzenumsatz, meine kühnsten Träume waren übertroffen worden.

Von da an stand ich jeden Tag im Laden und kleidete die Kundinnen ehrlich und typgerecht ein.

Das Gespür für Mode und deren Verkauf war mir gegeben.

Da wir trotz allem sehr sparsam waren, hatten wir unseren Kredit schnell abbezahlt und auch mein Schwiegervater hatte sein Geld zurückbekommen.

Die Nachfrage und das Interesse für unsere Mode waren sehr groß.

Die Damen waren so dankbar, endlich in großen Größen modische Kleidung zu bekommen.

Ich hatte eine Marktlücke entdeckt und eröffnete ein Jahr später in einer weiteren Stadt eine Filiale.

Auch diese wurde gut angenommen.

Es war mir gelungen, kompetentes Personal für die Filiale zu finden, das sich ebenfalls mit Gespür in die Kundinnen hineinversetzen und sie typgerecht einkleiden konnte.

Nun wurde in der Stadt, in der ich das Hauptgeschäft betrieb, die Fußgängerzone umgebaut.

Sofort kam mir der Gedanke: Du musst mit deinem Laden in die Eins-a-Lage. Unser Vermieter hatte auch dort ein Ladenlokal, was zufällig frei wurde.

Sofort meldete ich mich bei ihm und bekam auch für dieses Ladenlokal den Mietvertrag.

Das Hauptgeschäft wurde jetzt in die Fußgängerzone verlagert, das alte Geschäft blieb bestehen.

In dem ersten Geschäft verkauften wir jetzt preiswertere Mode in großen Größen.

Es bekam den Namen: „Die Spardose".

In dem neuen Hauptgeschäft stockte ich das Sortiment mit peppiger Schuhmode auf.

Jeden Tag entwickelte ich neue Ideen.

Ich kombinierte die Modelle komplett mit Hut, Tasche und Schuhen.

Die Kunden waren so begeistert, dass die Kombination sofort komplett verkauft wurde.

Das war auch die Zeit, in der meine Nichte und beste Freundin, die mir bei meiner Firmengründung so viel geholfen hatte, mit 40 Jahren die Diagnose Bauchspeicheldrüsenkrebs bekam, und das auch noch kurz nach der Geburt ihrer Tochter.

Ich bin mit ihr in dieser schlimmen Zeit durch alle Höhen und Tiefen gegangen.

Wir haben zusammen geweint, aber auch gelacht.

Psychisch war es unerträglich, mit ansehen zu müssen, wie so ein junger Mensch, den man liebt, leidet.

Ich stand hilflos daneben und musste mit ansehen, wie sie immer weniger wurde, und konnte ihr nicht helfen.

Mit ihrer Familie habe ich oft Tag und Nacht an ihrem Krankenbett gesessen, ihr beigestanden und versucht, sie aufzumuntern.

Wir haben es trotzdem geschafft, ihr lustige Geschichten vorzulesen.

Oft haben wir aber auch traurige Gespräche geführt.

Es war für sie so bedrückend, dass sie ihre kleine Tochter nicht würde aufwachsen sehen können.

Vier Jahre nach der Diagnose ist sie gestorben.

Für ihre Familie und vor allen Dingen für ihre kleine Tochter ein sehr schmerzlicher Verlust.

Wir haben alle zusammengehalten und uns um ihr Kind gekümmert.

Für die Kleine war es sehr traurig.

Ich selbst habe bis heute den Tod meiner Nichte nicht verarbeitet und sie fehlt mir immer noch.

Sie war so ein wunderbarer, warmherziger Mensch.

***

Im Geschäftsleben hatte ich meine ganze Erfüllung gefunden.

Die Kunden fühlten sich sehr wohl bei meinen Mitarbeitern und mir.

In unserer Sitzecke verwöhnten wir sie mit Getränken und Süßigkeiten.

Ich habe wundervolle Menschen kennengelernt.

Für einige war man auch Tröster und Berater.

Ich habe sehr viele Geschichten und Schicksale erzählt bekommen und war einfach nur dankbar, dass es mir gut ging.

Samstags und sonntags gestaltete ich die Läden um, sodass immer ein neues Bild entstand.

Auch die weniger gefragten Modelle kombinierte ich so, dass sie ansprechend und tragbar waren.

Ich habe oft bis zu sechzehn Stunden am Tag gearbeitet.

Mein Mann war eine große Hilfe und Unterstützung für mich.

Er hielt mir den Rücken frei, indem er die Dinge erledigte, für die mir keine Zeit blieb.

Nach 19 Jahren erfolgreichem Geschäftsleben schrie dann mein Körper nach Hilfe.

Ich bemerkte, wie mir jede Belastung zu viel wurde und ich ständig schlaflose Nächte hatte.

Ich wurde mit einer akuten Magen-Darm-Entzündung stationär im Krankenhaus aufgenommen.

Ich wurde in Zimmer 316 gefahren, in dem eine 80-jährige Dame lag.

Sie begrüßte mich mit den Worten: „Auf dass das Zimmer voll werde."

Ich bekam einen Tropf mit Schmerzmitteln angehängt und Frau Marks, so hieß die Dame, stellte mir die üblichen Fragen: „Wie ist Ihr Name?"

„Wo kommen Sie her?" usw.

Nun kam der Chefarzt, begrüßte uns und hielt Frau Marks gleich eine gehörige Standpauke.

Mit folgenden Sätzen: „Ich erkenne Sie wieder, Sie waren doch erst vor Kurzem noch hier. Wir sind hier keine Verwahrschule, ich habe Ihnen doch bereits schon das letzte Mal gesagt, dass Sie in ein betreutes Wohnen oder in ein Altenheim gehören."

Sie antwortete ihm: „Aber mein Mann erpresst mich, indem er immer wieder beteuert, dass er dann seine Herztabletten nicht mehr nimmt, damit er ganz schnell stirbt." Kurze Rede – langer Sinn.

Es wurde mir wieder klar… schnell jeglichen Ballast abwerfen. Frau Marks fragte den Chefarzt noch nach ihrer Krankheit und bekam von ihm die Antwort: „Bei Ihnen ist nichts mehr zu machen!"

Wir zwei haben uns dann noch nett unterhalten.

Die Nacht brach an, doch Frau Marks und ich konnten nicht einschlafen. Somit haben wir dann unsere Gespräche noch vertieft.

Vier Kinder hatte sie, die jetzt schon – noch zu ihren Lebzeiten – ums Erbe stritten.

Ein Heimplatz kostet viel Geld, daher sollte Frau Marks zu Hause vor sich hin vegetieren.

Der Frühdienst begann um sechs Uhr.

Die Schwesternschülerin kam mit der Waschschüssel, hob die Bettdecke hoch und ich sah die dunkelblauen Beine von Frau Marks.

Erschrocken sagte ich zur ihr: „Frau Marks möchte bestimmt, dass der Arzt nach ihr sieht."

Doch keine Reaktion der Schülerin … sie versuchte ihr dann noch die Zähne zu putzen.

Doch das konnte Frau Marks noch verneinen und sie sagte zu mir: „Frau Regen, können Sie mich nicht drei Tage ins Koma versetzen?" Sie legte den Kopf zur Seite und war tot.

Völlig geschockt lief ich auf den Flur, ein Arzt kam mir entgegen und nahm mich in den Arm.

Er entschuldigte sich bei mir, dass ich diese Situation miterleben musste.

Er tröstete mich mit den Worten: „Gott hat Frau Marks erhört und sie zu sich genommen."

Ich brauchte lange, um dieses Erlebnis zu verarbeiten.

Nach meiner Genesung ging es dann mit meinem Geschäftsleben weiter.

Eines Tages kollabierte ich im Keller meines Geschäftes, fiel hin und brach mir das Sprunggelenk.

Nach diesem Vorfall sagte ich zu mir: „Das war's!"

Ich wurde operiert, musste mit Krücken laufen, versuchte aber so schnell wie möglich wieder meine Arbeit aufzunehmen.

Mir war allerdings schon klar, dass ich überlegen

musste, wie ich die Geschäfte am besten schließen könnte. Noch im gleichen Jahr begannen wir mit dem Räumungsverkauf im Hauptgeschäft und ein Jahr später dann mit der Schließung der Filialen.

Jetzt hatte ich nur noch eines im Kopf: leben – leben – leben.

Ein Jahr lang habe ich all die Dinge gemacht, für die ich vorher keine Zeit hatte.

Ich bin durch Städte gezogen, habe mir Ausstellungen angesehen und habe mit meinem Mann viele Reisen unternommen.

Wir konnten nun das Leben in vollen Zügen genießen.

Doch nach diesem Jahr rebellierte mein Körper massiv.

Meine Schlafprobleme, die nie ganz aufgehört hatten, wurden so gravierend, dass ich überhaupt nicht mehr zur Ruhe kam und gar nicht mehr schlafen konnte.

Am Rande des Wahnsinns bekam ich dann noch zusätzlich Depressionen.

Ich ging durch die Hölle.

Nach einem völligen Zusammenbruch hab ich förmlich um Hilfe gebettelt.

Sofort wurde ich in einer Klinik in Döpperhausen stationär aufgenommen.

Nach allen Formalitäten, die mein Mann erledigte, bekam ich die ersten K.-o.-Pillen Tavor.

Nachdem sie wirkten, lief ich nur noch mit schlürfendem Gang und lallender Stimme in meinem Zimmer von Wand zu Wand umher.

Trotzdem war an Schlaf nicht zu denken, das Bett war für mich der reinste Horror.

Bei der Arztvisite wurde immer nur besprochen, welches Medikament die nächsten 14 Tage ausprobiert werden sollte.

Als nächster Schritt wurde mir Frau Groß als Therapeutin zugeteilt.

In langen Gesprächen erfuhr sie nun einige Erlebnisse aus meinem Leben.

Schnell hatte ich Vertrauen zu ihr und konnte mich ihr öffnen.

Ab da freute ich mich über jede Stunde, die ich mit ihr zusammen verbringen konnte.

Doch meine depressive Stimmung und Schlaflosigkeit versetzten mich immer wieder in ein neues Tief.

Ich fing an, die Tabletten, die mir zugeteilt wurden, nicht zu nehmen und sie stattdessen zu sammeln.

Meine Gedanken waren: Nur noch einschlafen!

Doch dieser Traum wurde jäh beendet, als die Putzfrau die gesammelten Tabletten in der Vase fand.

Jetzt läuteten die Alarmglocken … Sofort kam ich auf die geschlossene Station, wo ich Tag und Nacht beaufsichtigt wurde.

Doch meine Therapeutin sah darin keine Lösung und befürwortete die Verlegung zurück auf die Station, wo ich vorher gewesen war.

Jetzt wurden Therapievorschläge angeordnet: Ergotherapie, Sport, Gesprächskreis usw.

Hierdurch wurde ich kurzzeitig abgelenkt und bekam zwei Tage Schlafentzug.

Auch das bewirkte nichts, meine unruhigen Beine beeinträchtigten noch zusätzlich meine Schlafversuche.

In einer radiologischen Praxis wurde ich dann zusätzlich gründlich untersucht und mir wurde Gehirnwasser entnommen.

Diagnose: Restless-Legs-Syndrom in den Beinen sowie Parkinson.

Erneute Medikamenteneinstellung.

Es vergingen Wochen und Monate, doch ich fühlte mich immer noch wie am Anfang.

Keine Verbesserung spürbar.

Bei der anstehenden Visite hatte ich nur noch den einen Wunsch: Nach Hause!

Auf eigenen Wunsch habe ich dann die Klinik verlassen. Meine Willenskraft sagte mir: So nicht!

Schleichend setzte ich einen ganzen Teil der verordneten Medikamente ab, wobei der Entzug grausam war. Doch jeden Tag habe ich mir gesagt: „Du schaffst das!"

Auch hier haben mir mein Mann und mein starker Wille geholfen.

Irgendwo las ich mal die Geschichte vom Frosch.

Das Bild des strampelnden Frosches ließ mich nicht mehr los.

Ich wollte auch wieder oben sitzen und in die Welt lachen.

Also: Alles zusammenkneifen und durch!

Ich begann mich sportlich zu betätigen, zunächst mit Nordic Walking, und ging durch die Natur.

Das tat mir sehr gut.

Der nächste Schritt war, dass ich mich für die Kunst interessierte und anfing zu malen.

Wenn ich nachts mal wieder nicht schlafen konnte, beschäftigte ich mich mit der Malerei.

Heute hängen viele Bilder, die ich gemalt habe, in meinem Haus.

Auch für Freunde und gute Bekannte habe ich inzwischen Bilder gemalt.

Dadurch finde ich mein Gleichgewicht zurück.

Meine Parkinson-Erkrankung lässt mich nicht oder nur manchmal mutlos werden, da ich eine gute ärztliche Betreuung gefunden habe.

Auch wenn so mancher Tag es nicht immer so gut mit mir meint, bin ich dankbar dafür, wenn für mich die Sonne scheint.

Ich habe mich immer durch mein Leben gekämpft, egal welche Aufgabe mir präsentiert wurde.

Daraus habe ich gelernt: Gib niemals auf, es kommt immer wieder etwas Neues und Schönes, wofür es sich lohnt zu leben.

Bei mir zeichnet sich die nächste Aufgabe schon ab: Ich helfe meinem Sohn, der Friseurmeister ist, einen Barbershop zu eröffnen.

Hier kommt jetzt schon wieder einiges an Arbeit auf mich zu.

Ich weiß ... es tritt keine Langeweile in mein Leben.

Es bleibt spannend und aufregend!

Wie oft höre ich den Ausspruch von jungen Menschen: „Ich komme jetzt langsam in die Jahre."

Das sagen sie, wenn sie Ende 30 sind.

Mit Ende 40 fragen sie sich dann verzweifelt: „Was soll denn jetzt noch kommen?" Mit den ersten Falten werden sie dann immer unzufriedener.

Dabei stecken in jedem Menschen so viele Möglichkeiten! Jeder hat seine Fähigkeiten und Talente, egal welcher Art.

Auch ich bin hier keine Ausnahme.

Und dann stehst du lächelnd auf deinem Weg, schaust zurück und denkst: Damals dahinten, als ich dachte, es geht nicht mehr weiter ... Aber man kann im Leben nicht alles reparieren.

Manches geht kaputt und bleibt auch kaputt.

Für immer!